*fine*BOOKS

IMPRESSUM

© fineBooks Verlag Alexander Broicher.
Berlin, 2024.
Alle Rechte vorbehalten.
Nachdruck und Vervielfältigungen – auch auszugsweise –
nicht gestattet.

Verleger & Herausgeber: Alexander Broicher
                            finebooksverlag.com

Mitherausgeber: Dan Shambicco

Umschlaggestaltung: Hauptmann & Kompanie,
                            Zürich

Gestaltung, Satz: Mo Tapprogge
                            mo-creation-design.com

Lektorat: Sarah Beicht
                            letterwald-mainz.de

Printed in Germany
ISBN 978-3-948-37358-0

HOTEL
POETRY

To wherever you are
We've got all the rooms
With a view to your personal star
You didn't need a reservation
Or a personal ID
We found you and you found us
It's the number 17

Welcome all you people
To what you want to be
Doesn't matter whether we care
Or whether we agree
We will change your body suits and
We will cleanse your mind
If that's what you're asking for
We'll assure you
That's what you'll find

Welcome all you people
You've got a story to tell
Welcome to the hotel

Claas Engels, The Hotel 17

- Available on Spotify-

WELCOME
TO THE HOTEL POETRY

Manch einer mag es sich als elegantes Grand Hotel mit livriertem Personal vorstellen, eine hallenartige Lobby mit Marmorsäulen und cognacfarbenen Ledercouches, manch einer als modernes Boutique Hotel, in dem man sich entspannt in ein ausladendes Loungemöbel sinken lässt, während sphärische Klänge aus den Lautsprechern perlen, sanft die Ohren umspielend. Vor manch geistigem Auge mag ein kleines Hotel am Rande der Welt erscheinen. Oder man spürt sie fast auf der Haut, die schwüle Atmosphäre eines schmalen, mit Patina überzogenen Altbaus einer südeuropäischen Hafenstadt, ob Frankreich oder Italien, mit Fensterläden und Markisen gegen die Sonne bewehrt, während eine Brise heißer Luft ins Zimmer weht und man von unten das Geklapper des Geschirrs und fremd klingende Wortfetzen hört.

Was auch immer Sie, liebe Leserin, lieber Leser, sich vorstellen, dieses Buch lädt Sie dazu ein, Ihr Hotel in Ihren eigenen Farben zu streichen.

Lassen Sie Ihrer Fantasie freien Lauf.

Wir haben in dieser Anthologie Texte zusammengestellt, die beleben, inspirieren und berühren, um Ihre Gedanken auf eine Reise zu schicken. Lassen Sie uns wissen, wie IHR Hotel Poetry ausschaut, wie es riecht, wie es sich anfühlt.

Mein herzlichster Dank geht an die wunderbaren Autorinnen und Autoren, die diese Texte für Sie, liebe Leserin, lieber Leser, bereitgestellt haben.

Weiterhin danke ich meinem Co-Herausgeber Dan Shambicco, ohne dessen Energie und Einsatz dieses Buch nicht zustande gekommen wäre.

Manch einer mag an Namen wie „Ritz-Carlton", „Vier Jahreszeiten" oder „Mandarin Oriental" denken. Doch in meinen Ohren wesentlich klangvoller, sind die Namen unserer großartigen Autorinnen und Autoren!

Checken Sie mit uns ein ins Hotel Poetry – die Zimmer sind gerichtet!

Alexander Broicher
Verleger und Herausgeber

WER SAGT,
DASS LYRIK VERSTAUBT IST?

HOTEL POETRY ist ein Herzensprojekt, das sich nicht weniger vorgenommen hat, als seine Leserinnen und Leser mit frischen Erzählungen und Gedichten zu begeistern. Besonders die jüngere Generation.

Nehmen Sie die Texte mit allen Sinnen wahr! Mit halbgeschlossenen Augen, aber offenen Ohren und freier Nase. So ergibt sich eine ungeahnte Tiefenwirkung, die einem die Welt hinter den Worten eröffnet und einen Blick durch das Hotelfenster wagen lässt, wo mehr ist, als man durch unsere oberflächliche Wahrnehmung vermuten könnte.

Mein ausdrücklicher Dank geht an Alexander Broicher sowie natürlich an alle Autorinnen und Autoren, die ihre Beiträge zur Verfügung gestellt haben.

Viel Spaß beim Lesen!

Dan Shambicco
Mitherausgeber

INHALT

ROBERT SEETHALER 12

RONJA VON RÖNNE 14

DANIEL GLATTAUER 26

MIRNA FUNK 28

CHARLES LEWINSKY 32

MAX KÜNG 44

FRIEDRICH ANI 50

MONIKA RINCK 54

JO SCHÜCK 56

FINN HOLITZKA 60

SIMONE LAPPERT 62

DAN SHAMBICCO 66

HATICE AKYÜN 76

ILMA RAKUSA 84

TOMAS FRIEDMANN 90

CLARA MARIA BAGUS 96

KATHARINA HÖFTMANN CIOBOTARU 102

ELISA SHUA DUSAPIN 110

YARI BERNASCONI 114

MICHAEL FEHR 120

FRITZ HENDRICK MELLE 126

ROBERT PROSSER 132

ALEXANDER BROICHER 136

ARIADNE VON SCHIRACH 144

ROBERT SEETHALER

Er

ER HAT WAS DARÜBER HINAUS NICHTS

ABER

AUS HAT ER

Robert Seethaler

Robert Seethalers Bücher wurden in über vierzig Sprachen übersetzt. Mit seinem Roman „Ein ganzes Leben" stand er auf der Shortlist des International Booker Prize. Er lebt in Berlin und Wien.

RONJA VON RÖNNE

Das schöne Leben von Schatz und mir

Ständig diese Problemartikel! Alle beziehungsunfähig, alle kränklich, alle haben eine komplizierte Sexualität. Nicht wir! Schatz und ich, wir haben ein schönes Leben. Geht nämlich auch. Wie? Ganz einfach:

Morgens bringe ich Schatz immer Frühstück ans Bett. Wir wohnen zwar einige hundert Kilometer auseinander, aber wenn man sich wirklich liebt, macht das gar nichts. Liebe kennt keine Grenzen. Unsere zumindest nicht. Eure wahrscheinlich schon.

Ich stehe einfach nachts um 2 Uhr auf, koche dann Kaffee und fetze ein paar Stunden über die A8, bis ich bei ihm bin. Dann freut sich Schatz. Aber auch wir haben natürlich Probleme, wie jedes Paar: Einmal habe ich aus Versehen seinen Kaffee gezuckert, das mag er gar nicht, und außerdem hasst er Frühstück. Aber dann hat er mir einfach ordentlich die Fresse poliert und ich habe stundenlang geweint.

Wir verstecken unsere Gefühle nämlich nicht.

Anschließend haben wir einen Kompromiss gemacht, denn Kompromisse finden wir toll.
Schatz und ich haben viel Sex. Ich am liebsten mit Schatz, Schatz am liebsten mit Schimpansen. Er ist so tierlieb. Ich bin da aber offen. Offen sein ist ganz wichtig in Beziehungen. Wir sind so modern. Modern sein ist unser Hobby. Modern sein und schöne Spieleabende mit Freunden.

Überhaupt, Gemeinsamkeiten. Davon braucht man einige. Wir haben uns zum Beispiel lieben gelernt, weil wir beide bei jeder Gelegenheit erklären, dass wir zuhause keinen Fernseher haben und auch gar nicht WOLLEN, weil da eh nur Schrott läuft. Die GEZ finden wir trotzdem beide sinnvoll.

Wir haben noch mehr Gemeinsamkeiten: Ich habe eine perfekte Beziehung, und Schatz auch, Amelie heißt seine Süße, vor drei Wochen hat er ihr einen Antrag gemacht.

Ich freue mich schon auf die Hochzeit. Viele glauben ja nicht mehr an die ewige Liebe, aber Schatz und ich halt schon. Wieder so eine Sache, die wir gemeinsam haben.

Klar, es gibt auch Unterschiede zwischen uns. Ich existiere zum Beispiel. Das macht aber nichts. Denn wenn man sich liebt, ist alles egal. Aber davon habt ihr ja keine Ahnung, von echter Liebe.

Alles über Menschen

Der Mensch konnte sich noch genau an den Augenblick erinnern, als er zum ersten Mal entsetzt feststellte, dass seine Grundschullehrerin nicht in der Schule wohnte.

Er war noch ziemlich klein, das haben Menschen am Anfang so an sich. Das Ganze war im Edeka, der Mensch bekam gerade eine Scheibe Wurst, als seine Lehrerin, Frau Woll, sich hinter ihm und seiner Mutter in der Schlange einreihte und ein Stück vom Mettigel wollte. Er war völlig empört, dass die Lehrerin plötzlich so tat, als wäre sie auch ein Mensch. Am Ende würde sie behaupten, dass sie gar nicht in der Schule wohnte! Dass sie vielleicht sogar einen Mann hatte! Der Mensch speicherte dieses Erlebnis als kleines, aber etwas störendes Detail ab, und dann wurde der Mensch eben trotzdem erwachsen.

Immer mehr Menschen traf er. Dozenten, Arbeitgeber, Kollegen, die erste große Liebe, Freunde,

Orthopäden. Manche brachten ihm Volkswirtschaft bei, andere eine gesunde Haltung, und wieder andere, dass die Liebe allein manchmal nicht ausreicht, egal wie sehr man es sich wünscht. (Das brachte ihm übrigens der Orthopäde bei, nicht die erste große Liebe. Der Mensch hatte einen etwas seltsamen Orthopäden.)

Im Prinzip aber waren sämtliche seiner Mitmenschen Dienstleister und Statisten, die ihm beim Aufbau seines Lebensweges behilflich waren, und die allermeisten vergaß er sofort, nachdem er sie gesehen hatte.

Irgendwann, der Mensch hatte mittlerweile eine eigene Wohnung und eine beachtliche Sneaker-Sammlung, saß er in der Bar mit Freunden. Einer seiner Freunde fragte ihn, ob er sich manchmal sein Leben als Film vorstelle, und der Mensch bejahte. Auch das ist normal, das machen Menschen oft, völlig unabhängig davon, wie wenig spannend das eigene Leben gerade scheint. Makroaufnahmen von sich beim Einkaufen, beim Fluchen, weil man sich wieder den kleinen Zeh angestoßen hat, beim Googlen, ob dieser seltsame

Schmerz im Oberschenkel nicht doch auf eine lebensgefährliche Krankheit hindeutet. Aber wie die meisten anderen, sah auch der Mensch sich immer in der Hauptrolle. Man selbst ist nie eine Nebenrolle, egal wie unbedeutend man sich vorkommen mag. Der Mensch ist des Menschen Mittelpunkt.

Das heißt nicht, dass er deshalb schlecht war. Im Gegenteil. Manchen Statisten drückte er auf dem Heimweg von der Arbeit Kleingeld in die Hände, und der Frau, mit der er zusammen lebte, kaufte er Blumen, und zwar nicht nur am Jahrestag. Manchen Statisten schenkte er ein Lächeln, andere rempelte er versehentlich an, und die Briefe, mit denen ein Statist vom Finanzamt ihn regelmäßig belästigte, ignorierte er. Da stand sowieso nur drin, dass man eigentlich als Mensch nichts wert sei, halt bis auf die hunderte von Euro, die man dem Finanzamt aus irgendwelchen Gründen noch schuldete. (Die Gründe waren, dass der Mensch ständig vergaß seine Taxiquittungen einzureichen.)

Irgendwann verließ ihn die Frau, weil Blumen

manchmal eben nicht ausreichen, und weil sie sich außerdem in ihren Fitnesstrainer verliebt hatte. Der brachte ihr zwar keine Blumen mit, aber dafür hatte er sehr trainierte Oberarme, und das ist Verliebten manchmal wichtiger.

Das ist normal im Leben von Menschen, die Rollen wechseln. Manchmal der Orthopäde, manchmal die Liebe, meistens vor allem die Leute, denen man begegnet, jeden Tag. Diese Leute haben meistens keine Namen, oder nur sehr umständliche: „die, die immer mit ihm an der Bushaltestelle wartet", zum Beispiel, oder „der, der immer die Zeitung so dermaßen zerknüllt in den Briefkasten stopft" oder „die, die immer so wahnsinnig lange braucht, um die Milch aufzuschäumen", wenn der Mensch es morgens eilig hat.

Der Mensch findet es schwer vorstellbar, dass all diese Menschen genauso Leben haben, in denen er nur eine Nebenrolle spielt. Vielleicht ist er „der, der seit kurzem so mürrisch schaut" oder „der, der früher immer hier Blumen gekauft hat", und meistens wahrscheinlich einfach nur Irgendeiner, so wie die meisten, so wie wir meisten.

Heute hat der Mensch einen Termin bei seiner Zahnärztin. Der Mann ist seit vielen Jahren bei der gleichen Zahnärztin, wie die meisten modernen Menschen hielten die Beziehungen zu seiner Zahnärztin und seinem Friseur deutlich länger als seine Partnerschaften. Der Mensch weiß alles, was es über seine Zahnärztin zu sagen gibt: Sie trägt gerne weiß, nämlich irgendwelche Kittel, meistens trägt sie Gesundheitsschlappen, ihr langes Haar ist streng in einen Dutt gesteckt, was der Mensch sehr schätzt, er mag nämlich keine Haare von Zahnärztinnen im Mund. (Ich habe nie gesagt, dass der Mensch besonders interessant war, was soll man sagen, er war halt ein Mensch.)

Eigentlich war seine Zahnärztin höchst professionell, ihr Treffen folgte immer der gleichen Choreographie. „Guten Tag, wie geht es uns denn", sagte sie zur Begrüßung, und dann sagte er „Guten Tag, alles gut, wie immer vor allem zur Kontrolle", und dann nickte sie und erzählte etwas von einer Füllung die man korrigieren müsse, oder von einer Zahnreinigung, die sie dringend empfehle, und die der Mann nie machte, weil seine Krankenkasse das nicht übernahm.

Heute aber stimmte alles nicht. Der Mensch war schlecht gelaunt, weil heute doch eigentlich Jahrestag mit seiner Frau sein sollte, und vergaß, die Zahnärztin zu begrüßen. Die Zahnärztin ihrerseits hatte ihren Dutt erstaunlich unordentlich gebunden, ständig kämpften sich einzelne Strähnen heraus und kitzelten ihn unangenehm im Gesicht. Der Zahn spielte auch nicht mit, und tat trotz der Betäubung weh, die Zahnärztin schaute immer verzweifelter, der Mensch immer schmerzverzerrter.

Und plötzlich dachte er sich, was wäre, wenn sie beide einfach aufgeben würden. Die Füllung halb drinnen, einfach die Instrumente weglegen, den Dutt lösen, dem Druck nachgeben, was wäre, wenn seine Zahnärztin ihn einfach mal fragen würde, warum er heute so unwirsch war, was wäre, wenn er sie statt einer Antwort in den Arm nehmen würde. Was wäre, wenn er sie nach ihrem Tag fragen würde, und vielleicht sogar nach ihrem Mann, wenn sie sowas hätte, oder ihrem Hund.

Dabei wusste der Mensch natürlich genau, was dann passieren würde. Die Zahnärztin wäre nicht mehr seine Zahnärztin. Sie wäre perplex, vielleicht sogar tröstend, in jedem Fall aber würde sie dann plötzlich keine Zahnärztin mehr sein, sondern jemand, der ihm plötzlich näherstand, ganz ohne Rolle, jemand der sich vielleicht morgens die Zähne putzte und seine Krankheiten googelte und Kaffee verschüttete, wie er. Sie wäre plötzlich ein Mensch, wie er.

Das alles überlegte sich der Mensch. Und sagte lieber nichts.

Ronja von Rönne

Ronja schreibt für DIE ZEIT und ZEIT ONLINE und moderiert seit 2017 das Grimme-Preis-prämierte Arte Magazin „Streetphilosophy". Ihr erster Roman „Wir kommen" erschien 2016 im Aufbau Verlag und ihre Kolumnensammlung „Heute ist leider schlecht – Beschwerden ans Leben" bei S. Fischer. Ihr letzter Roman „Ende in Sicht" (dtv, 2022) hält sich nach Erscheinen wochenlang in der Spiegel-Bestsellerliste. Im August 2023 folgt mit dem Essay „Trotz" (dtv) der vielleicht persönlichste Text über die widerständige und mitunter lebensrettende Kraft des Trotzes.
Ronja präsentiert für Audible den Podcast „Meine erste Million" und betreibt ihren Blog „sudelheft". Zurzeit dreht sie mit Weltrecorder das neue Arte-Format „unhappy".

DANIEL GLATTAUER

Der Vorhang

LUSTLOS, MÜD'
HÄNGT ER HERAB

UND OHNE DANK OFT JAHRELANG.

Daniel Glattauer

Daniel Glattauer, geboren 1960 in Wien. Mit seinen Romanen „Gut gegen Nordwind" (2006) und „Alle sieben Wellen" (2009) schrieb er Bestseller, die auf der ganzen Welt gelesen werden. Die Komödie „Die Wunderübung" (2014) ist als Buch, am Theater und als Film sehr erfolgreich. 2019 kam die Verfilmung von „Gut gegen Nordwind" ins Kino. Zuletzt er- schien der Roman „Die spürst du nicht" (2023).

MIRNA FUNK

Egal wie grell

Von Mirna Funk und ihrer Tochter Etta

Sonne scheint
Rücken nass
Hose kurz
Verwuchsen krass

Dreh dich um, zu dir selbst, mach die Augen auf
Egal wie grell
Egal wie grell
Mach die Augen auf, egal wie grell

Sand knirscht
Muscheln schimmern
Möwen schrei'n
Leises Wimmern

Dreh dich um, zu dir selbst, mach die Augen auf
Egal wie grell
Egal wie grell
Mach die Augen auf, egal wie grell

Leuchtend hell
Herz schwer
Leben kurz
Tiefes Meer

Dreh dich um, zu dir selbst, mach die Augen auf
Egal wie grell
Egal wie grell
Mach die Augen auf, egal wie grell

Mirna Funk

Mirna Funk wurde 1981 in Ost-Berlin geboren und lebt zwischen Berlin und Tel Aviv. Sie studierte Philosophie an der Humboldt-Universität und arbeitet als Essayistin und Autorin, unter anderem für die Frankfurter Allgemeine Zeitung, die Süddeutsche Zeitung und DIE ZEIT. Seit 2020 hat sie eine monatliche Sex-Kolumne in der Cosmopolitan und von 2018 bis 2021 schrieb sie auf Vogue-Online über jüdisches Leben heute.

2015 debütierte sie mit ihrem Roman „Winternähe" im S. Fischer-Verlag. Er wurde mit dem Uwe-Johnson-Preis ausgezeichnet und war für den Aspekte-Preis nominiert. Im Februar 2021 veröffentlichte sie ihren zweiten Roman „Zwischen Du und Ich" bei dtv.

In ihren literarischen Werken, essayistischen und journalistischen Arbeiten sowie kuratorischen Projekten geht Mirna Funk den Fragen nach der Präsenz jüdischer Kultur in Deutschland heute und einer gegenwartsorientierten Erinnerungskultur nach.

Im Mai 2022 erschien ihr erstes Sachbuch: „Who cares! Von der Freiheit, Frau zu sein" und landete direkt auf der Bestsellerliste.

CHARLES LEWINSKY

Das Wort ergreifen

Das Wort wurde ergriffen
(aufgegriffen, steht im Polizeibericht)
auf offener Straße
mitten im Satz
Eine ergreifende Szene

Das Wort wurde
am Kragen gepackt
in Sprachschellen gelegt
und dann vom Wortschatzamt abtransportiert
und in Quarantäne verbracht

Auch Anklage wurde gegen das Wort erhoben
weil es durch die Sprache vagabundiert sei
ohne festen Wohnsitz
nur mit einem Notschlafplatz im Duden
in dem großen Saal
wo die Slangausdrücke liegen
die ein anständiger Mensch
noch nicht einmal zu buchstabieren weiß

Es sei ein Jedermannswort
so stand es in der Anklageschrift
ein verludertes Wort
stelle sich jedem zur Verfügung
der gerade Lust habe
ließe sich von jedem ergreifen
gebrauchen
verwenden
mache bei jedem Wortspiel mit
und sei sogar dabei beobachtet worden
wie es sich
schamlos lachend
zu einem Kalauer missbrauchen ließ

Der Sprachanwalt
erhob sich
um die Anklage zu erheben
ein erhebender Augenblick

Er räusperte sich
und zögerte einen Moment
weil ihm plötzlich die Frage einfiel
warum man nur sich selber räuspern kann
und nicht einen andern

Dann ergriff er das Mikrofon
und das Wort
Was da vor Gericht stehe
sagte er
dieses Subjekt
das sich manchmal auch als Prädikat ausgebe
einmal als Substantiv daherkomme
und dann wieder als Adjektiv
verkommen eben
dieses Wort
sei zwar durchaus griffig
das stelle er gar nicht in Frage
aber trotzdem ein Vagabund
nicht zu fassen
nicht einzuordnen
und deshalb nicht zu begreifen
nicht so
wie es sich für ein anständiges Wort gehöre

Ein Begriff, ja,
das sei es durchaus
aber weder zugriffig
wie Manager gern Wörter verwenden
noch angriffig

wie aus dem Vokabular eines Soldaten
und schon gar nicht übergriffig
wie eine Ansprache am SVP-Parteitag
sondern einfach nur griffig
und noch nicht einmal hochdeutsch

Und was nicht hochdeutsch sei
sagte der Sprachanwalt
sei immer verdächtig
und außerdem
erschwere es die Verhandlungen mit der EU

Es handle sich um ein schlampiges Wort
sagte der Sprachanwalt
heimatloses Gesindel
ein Wort
das sich jedem zur Verfügung stelle
bereitwillig
sich von jedem ergreifen lasse
der damit etwas begreifbar machen wolle
einfach so

Und man müsse doch auch an die Kinder denken
sagte der Sprachanwalt
die vor solchen Worten geschützt werden müssten

Nicht dass dann wieder eine Seuche ausbreche
wie dieses „mega"
oder dieses „cool"
und all die andern Sprach-Infektionen
die nicht mehr auszurotten seien
und gegen die es immer noch keinen Impfstoff
gebe
manchmal frage man sich wirklich
was die Wissenschaft eigentlich treibe
gegen die Grippe habe sie immer noch nichts
und gegen solche Ausdrücke auch nicht

Er sei ein moderner Mensch
sagte der Sprachanwalt
und habe nichts gegen neue Worte
gar nichts habe er dagegen
aber korrekt gebildet müssten sie sein
überhaupt: gebildet

Sie müssten unsere Sprache weiterbringen
stolze Worte müssten sie sein
staatstragend wenn möglich

Er könne viele positive Beispiele aufzählen
sagte der Sprachanwalt

aber er wolle nur eines nennen
das besonders vorbildlich sei
nämlich das Wort „nachhaltig"

Da merke man doch
fügte er hinzu
(und er war ein meisterhafter Hinzufüger
war es schon in seiner Studienzeit gewesen)
da merke man doch
dass dieses Wort etwas auf sich halte
sich jedes Mal selber applaudiere
gewissermaßen
wenn es verwendet werde
und man müsse nur mal sehen
in welchen Kreisen es verkehre
wer dieses Wort gebrauche
lauter bessere Leute
von links bis rechts
und sogar der Bundesrat
Ja, sagte der Sprachanwalt
„nachhaltig", das ist ein Wort
wie es unsere Gesellschaft braucht
ein Wort
das nie fehl am Platz ist
ein wahrhaft modernes Wort

ein Wort für das 21. Jahrhundert
ein Wort, wie im Labor entwickelt
wie diese Zusatzstoffe in den Lebensmitteln
die wir stolz auf die Packungen schreiben
sie nähren nicht
sie machen nicht satt
aber sie verbessern den Geschmack
ohne dass man weiß warum

An dieser Stelle
machte der Verteidiger den Einwand
man könne doch nicht ein Wort als Vorbild anführen
das schon lang nichts mehr bedeute
selbst wenn es einmal etwas bedeutet haben
sollte

Worauf der Sprachanwalt verächtlich lächelte
(auch das hatte er im Studium gelernt)
und sagte

Von einem Wort zu verlangen
dass es etwas bedeute
das sei doch tiefstes neunzehntes Jahrhundert
rückständig sei das
überhaupt nicht mehr zeitgemäß

Im Gegenteil
das sei eben das Moderne an so einem Wort
das Heutige
dass es überall hinpasse
jeden Satz aufputze
wie die Schlagrahmhaube den Eisbecher auf-
putzt
mit dem zusätzlichen Vorteil
dass es einem hinterher nicht aufliege
im Magen und im Verstand
weil es ja letzten Endes nur aufgeblasene Luft sei

Schon Goethe sei dieser Meinung gewesen
sagte der Sprachanwalt
und der habe ja von Worten wirklich etwas verstanden
als studierter Klassiker und Dioskur
weshalb er auch heute noch
den ersten Platz einnehme
in jedem Zitatenlexikon

Denn eben wo Begriffe fehlen
habe Goethe gesagt
da stellt ein Wort zur rechten Zeit sich ein
und dem könne er sich nur anschließen

im Namen der Sprachanwaltschaft
aber auch persönlich

Der Verteidiger wandte ein
diesen Satz sage aber Mephistopheles
also der Teufel

Worauf der Sprachanwalt meinte
das sei doch kein Argument
wenn hier der Teufel verteufelt werden solle
dann sei das nicht zielführend

„Zielführend"
sagte der Verteidiger
das ist auch so ein Wort
das nichts bedeutet

Und sie stritten sich noch eine ganze Weile
zuerst abwechselnd das Wort ergreifend
und dann gleichzeitig

Das Wort aber
gegen das die Anklage erhoben worden war
und über das ein Urteil gesprochen werden sollte
das Wort

war schon lang nicht mehr im Gerichtssaal
oder nicht mehr nur im Gerichtssaal
sondern überall

Zuerst hatte es ein Dichter ergriffen
oder das Wort den Dichter
hinterher sind solche Dinge schwer festzustellen
und nach dem Dichter ein Kind
was dem Wort lieber war
weil die Dichter nur etwas vom Schreiben verstehen
die Kinder aber vom Reden

Dann ergriff es ein Turnlehrer
eine Coiffeuse
ein Lastwagenfahrer
eine Politesse
ein Hirnchirurg
(bei dem man das Wort aber nicht verstand
weil er eine hygienische Binde vor dem Mund
hatte)
eine Sachbearbeiterin bei der Krankenkasse
ein Bauarbeiter
und dann noch jemand
und noch jemand

Bis es schließlich
auch noch die Angestellten in einem Callcenter
ergriffen
oder von ihm ergriffen wurden
und das Wort jedes Mal verwendeten
wenn sie einem Kunden erklärten
dass sie ihm leider, leider nicht helfen könnten
da war das Wort nicht mehr aufzuhalten

Es fiel niemandem mehr auf
und musste auch nicht mehr im Massenlager wohnen
sondern bekam im Duden ein eigenes Zimmer
wo seine Nachbarn aber nicht mit ihm redeten
denn die hießen „nachhaltig" und „zielführend"
und unterhielten sich nur mit ihresgleichen

Der Sprachanwalt aber
führte immer noch seinen Prozess
ergriff wieder das Wort
wieder und wieder
und war so ergriffen
von der eigenen Rede
dass er gar nicht bemerkte
dass ihm
schon lang niemand mehr zuhörte

Charles Lewinsky

Charles Lewinsky (geb. 1946 in Zürich) studierte Germanistik und Theaterwissenschaft und arbeitete dann an verschiedenen deutschen Bühnen als Dramaturg und Regisseur. 1975 kam er als Redaktor zum Schweizer Fernsehen, bevor er sich fünf Jahre später als freier Autor selbständig machte. Er schrieb zahlreiche Bücher, Theaterstücke und Fernsehsendungen.

Seine bekanntesten Arbeiten in den verschiedenen Sparten sind: die hundertteilige Fernsehreihe „Fascht e Familie", das Theaterstück „Freunde, das Leben ist lebenswert", der Film „Ein ganz gewöhnlicher Jude" (mit Ben Becker), das Musical „Gotthelf" (Musik: Markus Schönholzer) und der Roman „Melnitz", der in zwölf Sprachen eine Auflage von mehr als einer halben Million erreichte, und für den er zahlreiche Auszeichnungen erhielt.

MAX KÜNG

Wo der Schnee hinfällt, liegen bleibt und wie lange

Lange dachte ich darüber nach, wie er zu beschreiben ist: der Schnee, der so dick auf den Dächern der Häuser lag. Ich fuhr in einem Zug durch ein Bündner Tal. Der Zug schlängelte sich in großzügigen Bögen den Berg hoch, gemütlich wie etwas vor fünfzig Jahren. Noch war das Tal weit, die Landschaft wenig spektakulär. Aber dieser Schnee, mit dem die Landschaft überzogen war, er machte alles weich und schön, und er sah aus wie … wie geschliffenes Styropor? Wie eine dicke, gekämmte Decke aus Mohair? Der junge Schnee und das alte, dunkle Holz der Häuser: wie Schlagrahm auf Schwarzbrot?

Ich beschloss, den Schnee auf die „Liste der sehr schwierig oder gar nicht zu beschreibenden Dinge" zu setzen, gleich vor „Schmerzen bei einem unabsichtlichen Tritt eines Kleinkindes in den Unterleib eines männlichen Erziehungsberechtigten" und nach „Geräusche von frei lebenden Nilpferden, verdauungsbedingt". Dann wandte ich mich den anderen Fahrgästen zu, Menschen voller Vorfreude auf ihre bevorstehenden Winterferien im Engadin.

Wie sich die Bahnlinie an den Hang legte, so schmiegte sich die junge Frau an ihren Freund im Abteil gegenüber. Sie teilten sich einen bügellosen Kopfhörer, in seinem Schoss lag ein aufgeklappter Laptop, gemeinsam sahen sie sich einen Film an. Es musste eine Komödie sein, denn die Frau lachte. Auch der Mann lachte. Aber sie lachten nie gleichzeitig. Es war so: Sie lachte (meist waren es drei kurze, kehlige Laute), dann dauerte es zwei Sekunden, und dann lachte er (meist nur zweimal). Kurz darauf: Sie lachte. Es dauerte zwei Sekunden, dann lachte er.

Sie: „Ha, ha, ha.“

Zwei Sekunden später er: „Ha, ha.“

Nach einer halben Stunde Fahrt machte ich mir langsam ernsthaft Gedanken; und ich kam zum Schluss, dass es nur drei Möglichkeiten gab, die eine solche Lachverschiebung erklären konnten.

Erste Möglichkeit: Das eine Kabel des Kopfhörers war bedeutend länger als das andere. (Später habe ich mich schlaugemacht: Um eine Verzögerung von zwei Sekunden zu erhalten, müsste das eine Kabel 100.000 Kilometer oder noch mehr länger sein als das andere, und das war es nicht. 100.000 Kilometer Kopfhörerkabel in einem Zugabteil hätte ich bestimmt bemerkt.)

Zweite Möglichkeit: Die Leitung des Mannes ist länger als die der Frau; das heißt: Er benötigte etwas mehr Zeit, um die Komik der Situation zu verstehen und darauf zu reagieren. Durchaus möglich.

Dritte Möglichkeit: Der Mann fand den Film überhaupt nicht lustig, sondern lachte nur als bestätigendes Echo, um sich die Gunst seiner Frau zu sichern (und später keine Vorwürfe zu hören wie „wir haben nichts gemeinsam" und so weiter). Vielleicht schaute er auch gar nicht wirklich den Film, sondern war mit den Gedanken ganz woanders. Bei einem Actionfilm mit Explosionen. Bei seiner Arbeitskollegin mit dem kurzen Rock. Oder er war im Nichts, dachte: „bzzzzzzz" oder „sssssssssss" oder „--------------".

Sie: „Ha, ha, ha."

Zwei Sekunden später er: „Ha, ha."

Der Schnee verschwand vor dem Fenster. An seine Stelle trat undurchdringbare Schwärze. Wir fuhren in einen Tunnel, der so lang war, dass man meinte, er wolle nie mehr aufhören und alle Dinge würden zu einem Ende kommen. Ich blickte in die Schwärze und hörte das verschobene Lachen, dreimal hoch, zweimal tief. „Ha, ha, ha." „Ha, ha." Erleichtert begrüßte ich endlich das Licht, das nach einer Ewigkeit wieder hereinbrach. Gleich nach dem Tunnel hielt der Zug und alle stiegen aus und um. Das Paar mit dem geteilten Kopfhörer verschwand im gemächlichen Gewusel auf dem schmalen Perron. Das Letzte, was ich sah: Sie trugen identische Winterjacken, hellgrün mit gelben Applikationen.

Die Liebe, dachte ich, ist eine sonderbare Sache. Wo sie hinfällt, wo sie liegen bleibt und für wie lange. Ganz so wie der Schnee, nur noch schwieriger zu beschreiben.

Max Küng

Max Küng (*1969) stammt aus Maisprach (BL), wo er auf einem Bauernhof aufwuchs. Seit zwanzig Jahren schreibt er Texte und Kolumnen für Das Magazin. Sein letzter Roman erschien im Verlag Kein & Aber und heißt „Fremde Freunde". Es geht darin um die „schönste" Zeit des Jahres: die Ferien. Max Küng lebt in Zürich und im Misox, ist verheiratet und Vater zweier Söhne. Hobby: Gümmelen.

FRIEDRICH ANI

Ich wohne in einem Zimmer aus
Zeitlosigkeit
Ich weiß, wann es Zeit
ist zu schlafen, doch
meine Träume waschen
die Stunden von mir, Minuten,
Monate und Sekunden, ich schlafe
in einem Bett aus
magischen Daunen

Ich lebe in einem Zimmer aus
Freizeitlichkeit
Am Fenster lerne ich
Staunen, ich winke

den wuseligen Menschen, geschäftig
fliehn sie vor ihren eignen
Sekunden, Jahren und
Stunden, ich möcht sie
bitten, einzuziehn bei mir, aber
sie rufen:

Keine Zeit!
Keine Zeit!

Bis zum Leben, so
scheint's, haben sie's
noch ewig weit

Mein Schatten und ich
wechseln uns ab beim
Betrachten der Wände

Später tauschen wir
uns aus und
lachen oft laut

Kein Blick ähnelt
dem andern, jede Wand
lügt gröber als

die andre
der Welt ins Gesicht

Friedrich Ani

Friedrich Ani, geboren 1959 in Kochel am See. Seine Bücher wurden in zehn Sprachen übersetzt und vielfach prämiert. Er erhielt unter anderem sieben Mal den Deutschen Krimipreis, drei Mal den Stuttgarter sowie den Burgdorfer Krimipreis in der Schweiz und den Sonderpreis des Crime Cologne Award. Sein Roman „Der namenlose Tag" wurde unter die zehn besten internationalen Kriminalromane des Jahres gewählt und von Oscar-Preisträger Volker Schlöndorff verfilmt. Für seine Drehbücher wurde er mit dem Adolf-Grimme-Preis, dem Bayerischen Fernsehpreis und der Goldenen Romy geehrt. Er ist Erfinder der TV-Reihen „Die Protokollantin", „Franziska Luginsland" und „Das Quartett". Weitere Veröffentlichungen: „Im Zimmer meines Vaters", „Die Raben von Ninive" (Gedichte), die Kriminalromane „Nackter Mann, der brennt", „Ermordung des Glücks", „Der Narr und seine Maschine", „All die unbewohnten Zimmer", „Letzte Ehre", „Bullauge". Seine Werke erscheinen im Suhrkamp Verlag. Friedrich Ani ist Mitglied des PEN-Berlin. Er lebt in München.

MONIKA RINCK

Viele Gefahren

Viele Gefahren sind da. Eingehen will ich auf:
Gefahr durch Metapher. Also, ich wurde soeben
an meinem Ende der Kette, oder auch: Verkettung
(wenn man so will) durch lauwarme Milch ersetzt.
Ein Spatzenkavalier mit praller Brust. Verlacht. Mich.
Setzen wir jetzt Punkte wie die Bundeswehr? Wir.
Dienen. Dem. Gemisch. Abendbrot und Abendrot.
Worte baggern mich an. Was bleibt? Hotels. Doch –
Hotels sind für touristischen Gebrauch geschlossen.
Was bleibt dann noch übrig? Der ehebrecherische
und der äh, eremitische Gebrauch. Oder renovieren.
Oh, all die renovierungsbedürftigen Hotelzimmer,
wo ich wachlag wie in einem Glas lauwarmer Milch.
Ha! Gerettet. Alles wurde einfach neu bezogen.
Morgen: Gefahren durch Zahnbelag und Frittaten.

Monika Rinck

Monika Rinck lebt in Berlin und Köln. Seit 1998 veröffentlicht sie Gedichte, Essays und Übersetzungen in diversen Verlagen. 2012 erschien der Lyrikband „Honigprotokolle" für den sie den Peter-Huchel-Preis erhielt. Im Frühjahr 2019 erschien das Lesebuch „Champagner für die Pferde" im Fischer Verlag, der Lyrikband „Alle Türen" bei kookbooks. 2023 folgte die Publikation „Begriffsstudio 1 – 4.999" bei Spector Books. Zuletzt erhielt sie den Friedrich-Hölderlin-Preis der Stadt Bad Homburg.

JO SCHÜCK

Die Leichtigkeit des Seins

Die Leichtigkeit des Seins.
Wird schwer. Wiegt schwer, sehr.
Doch auf den Schultern ist noch Platz.
Schatz, sagt er, wir kriegen das hin.
Weiß nicht, grummelt sie, wie?
Nicht wichtig, geradezu nichtig, diese Frage.
Machen.
Ja was, ja wie, wie stellst du dir das vor?
Ich stelle nicht vor, ich stelle in Frage.
Das Getöse dieser Tage.
Den Schatten überm Kern.
Die Kakophonie. Und ja, auch das Wie.
Da machst du's dir zu leicht.
Mag sein, doch ist es vielleicht viel leichter?
Viel leichter als du glaubst?
Viel leichter als du glauben sollst?
Vielleicht packst du den Schmerz,
den Kern, das Wesen – wenn du kannst.
Befreist es vom Ballast.
Befreist dich vom Ballast
Des bloßen Widerscheins.

Und findest sie wieder
Die Leichtigkeit des Seins.

Jo Schück

Jo Schück, Jahrgang 1980, ist Journalist, Autor und Fernsehmoderator. Er studierte in Mainz und Sydney Publizistik, Philosophie und BWL. Seit 2014 moderiert er die Kultursendung „aspekte" im ZDF und fungiert als Autor und Presenter für gesellschaftspolitische Dokumentationen. Zudem präsentiert er das Debattenformat „Lass uns reden!" und die Musiksendung „zdf@bauhaus". Vor seiner Fernsehkarriere war er Radiomoderator bei fritz (rbb) und SBS Alchemy in Sydney. Schück war nominiert für den Grimme-Preis und den Deutschen Fernsehpreis und ist 2014 ausgezeichnet worden mit dem Ernst-Schneider-Preis und dem CNN Journalist Award für „ZDFzoom: Flucht in die Karibik – Die Steuertricks der Konzerne". 2020 erscheint sein erstes Buch „Nackt im Hotel – Wie Freundschaft der Liebe den Rang abläuft" bei dtv.

FINN HOLITZKA

wir teilten uns einen dieser doppel-
deutigen am hinteren saalende
dort wo man der dunkelheit näher
als der leinwand ist amüsierten uns

über den namen der wohl bedröppelte
gesichter produziert wo man gesalzene
und zuckrige snacks schon verhandelte
nun die sitzfrage. unsichere bemühungen

unbestätigt datender sich nicht zu deppen
zu machen beide zögerlich sollen wir
im vorspann anbandelnd jenes möbel-
stück jede coolness müßig werden lassen

wir hingegen brauchten kein stunt double
schauten längst wie alte salamander
haut an haut auf dem loveseat
auf ihre armlehnenliebe

Finn Holitzka

*Finn Holitzka (*1995) schreibt Poetry für Auge und Ohr und arbeitet journalistisch in verschiedenen Formaten, darunter Podcast. Seine Texte waren erfolgreich bei Poetry Slams in ganz Deutschland sowie Schweiz, Österreich und Luxemburg und wurden u.a. im Jahrbuch der Lyrik 2022 veröffentlicht. Er lebt in Koblenz.*

SIMONE LAPPERT

#strawberrymoments

selbst wenn wir liegen, mit den ohren im gras,
den mündern in der sonne, den händen im salbei,
mit erdbeerzungen einander süßes sagen:
sorgsam gepflücktes beschwichtigungsobst,
selbst wenn wir hashtag an hashtag
labiles gewissen umhegen: strawberry fields forever,
selbst dann kandieren wir insgeheim
ein paar idyllen für später, für tage, die mager sind,
den outgesourcten frost, der heimfinden wird,
irgendwann, und die früchte verbittern.

Glühmotten

in der eckbar unterm tisch
lass ich meine hand in deiner
klein werden und warm,
wir wissen beide nicht, wonach wir suchen,
sind streunende motten im gedimmten licht,
picken zwischen salznüssen sätze,
sachte, nicht zu viele auf einmal,
sind froh um den regen, der uns verzögert:
noch ein glas, noch eine bahn, noch ein satz
zwischen den nüssen, tasten uns die tischkante lang,
verschieben hier einen ärmel, dort einen saum,
während gezuckerter jazz für uns lügt
und eine schnittblume im wasserglas,
heute nacht werden wir nichts mehr retten,
werden nur noch eine weile diese unschärfe feiern,
unter tief hängenden lampen umeinander faltern,
bis wir im dunkeln leuchten.

Simone Lappert

*Simone Lappert (*1985), freie Autorin, studierte Literarisches Schreiben am Schweizerischen Literaturinstitut in Biel, sie lebt in Zürich. 2014 erschien ihr erster Roman „Wurfschatten" (Metrolit) der u.a. für den ZDF-aspekte Preis nominiert war. Ihr Roman „Der Sprung" erschien 2019 bei Diogenes und war für den Schweizer Buchpreis nominiert. 2022 folgte ihr Lyrikdebüt „längst fällige verwilderung – gedichte und gespinste" (Diogenes) sowie das gleichnamige Hörbuch. Simone Lappert ist literarisch und performativ an diversen Kunstprojekten beteiligt, ist Präsidentin des Internationalen Lyrikfestivals Basel, Jurymitglied des Basler Lyrikpreises und war Schweizer Kuratorin für das Lyrikprojekt Babelsprech.International. Ihre Arbeit wurde vielfach gefördert und ausgezeichnet, zuletzt mit der Literarischen Auszeichnung der Stadt Zürich für „längst fällige verwilderung".*

DAN SHAMBICCO

Mit verträumten Blicken über die nebelverhüllten Hausdächer schrieb sie diese, ihre Gedanken in ein vergilbtes Notizbuch nieder. Sie sollten nie in Vergessenheit geraten. Behutsam trank die junge Frau den Gin Tonic auf dem Balkon des Hotelzimmers aus und ließ ihre Zigarre hinunter auf die Straße aschen. Sie saß bei jeder erdenklichen Witterung draußen, so auch in jener kalten Winternacht.

Sie hatte sich in einem kleinen Hotelzimmer eingemietet, welches so bescheiden wie ihr Einkommen war. Die dunkelrote Tapete der vier Zimmerwände war mit Polaroid-Fotos versehen und der Spiegel hing schief an der Wand. Dies schien sie allerdings wenig zu stören, denn für sie lag die Vollkommenheit im Unvollkommenen.

In der fünften Etage dieses alten Hotelgebäudes fand die junge Frau zu ihrer Bestimmung. An den unscheinbarsten Orten der Welt geschehen die bedeutenden Ereignisse des Lebens. So auch in diesem Falle, als sie müde zu Bett ging und scheinbar nichts mehr imstande war, sie aufzuwecken.

Mitten um drei Uhr nachts verspürte sie jedoch plötzlich etwas Unbeschreibliches über sich schweben. Daraufhin wollte sie ihre Augen öffnen, konnte dies aber nicht tun, denn dieses Unbeschreibliche war ehrfurchterregend. Auch war sie nicht imstande, ein Wort aus ihrem Mund hervorzubringen. Ihr Leib zitterte gewaltig und sie wusste nicht, wie ihr geschah.

Nach einer Weile verschwand diese undefinierbare Präsenz aus dem Hotelzimmer. Dennoch blieb die junge Frau schlotternd und völlig regungslos im Bett liegen, bis sie schließlich wieder einschlief.

Getrieben von zahlreichen Träumen und einer Gedankenspirale, die sich endlos drehte, erwachte sie durch die Sirene eines vorbeifahrenden Polizeiwagens.

Sie berührte mit der Hand sanft ihre Wange. War jenes seltsame Ereignis nur eine Illusion gewesen? Inmitten der Nacht hetzte sie nervös und nackt von einer Wand zur anderen. Während sie im Zimmer 59 noch einmal alles an sich vorüberziehen ließ, blieb sie plötzlich fassungslos vor dem Wandspiegel stehen.

Vor Unsicherheit und Erstaunen ließ sie die Zigarre

auf den Fußboden fallen. Ein kalter Schauer durchfuhr ihren Körper von Kopf bis Fuß. Nach einem kurzen Moment strich sie mit den Fingerspitzen sanft über ihre Augenlider und durchs Haar. Ihr Herz pochte laut. Dabei überkam die junge Frau ein betroffenes Schweigen, das sie, ihre Worte und ihren Atem, fest im Griff hielt.

Das gewohnte Spiegelbild gab es nicht mehr. Ihre Gestalt war im Spiegel nicht mehr zu erkennen.

Zeit und Raum waren plötzlich bedeutungslos. Verunsichert stellte sie sich ein weiteres Mal vor den Wandspiegel. Sie begegnete einer unsichtbaren Gestalt. Einem Nichts.

Die junge Frau durchstöberte daraufhin das Hotelzimmer und suchte nach diversen Gegenständen, die reflektieren könnten. Aber weder Wasser, eine blanke Schüssel, ein Glas noch sonstige Materialien spiegelten etwas. Sie waren alle glanzlos geworden.

Aus purer Neugierde zog sie sich rasch an, kämmte ihre Haare, machte sich schnellen, aber leisen Schrittes die Treppe im Stiegenhaus hinab und verließ unbemerkt das Hotel inmitten der Morgendämmerung. Es waren noch nicht viele Menschen unterwegs auf den Straßen und Alleen der Großstadt. Die Atmosphäre war anders als gestern. Man erkannte die seltsame Stimmung in den Gesichtern der wenigen Passanten, die vorbeigingen. Sie warfen sich misstrauische Blicke zu. Aus den sonst freundlichen Blicken waren ahnungslose, teils gleichgültige, teils besorgte geworden.

Die meisten Passanten blieben unauffällig, verunsichert an den Schaufenstern stehen, immer auf der Suche nach einer Spiegelung: vergebens! Jede Eitelkeit wurde an diesem Tage zunichtegemacht. Das einstige Spiegelbild schwieg nun die Menschen erklärungslos an. Etwas Unvorstellbares, ja, etwas gegen die physikalischen Gesetze war passiert. Dies versetzte die Bevölkerung der Großstadt in einen Schockzustand, der sie erstarren ließ. Diese unverständliche Veränderung der Wirklichkeit ... Kaum einer vermochte sich an diesen neuen Zustand schnell zu gewöhnen.

Die junge Frau wirkte indessen nachdenklich. Ihre Blicke wurden ernster. In den frühen Morgenstunden begab sie sich zum Bahnhof. Dieser war soeben zum Schauplatz einer großen Versammlung geworden. Die Menschenmenge mutete seltsam an. Einige diskutierten über die Geschehnisse und beschrieben sich gegenseitig ihr äußeres Erscheinungsbild. Manche Frauen pflegten einander die Haare und schminkten ihr Gegenüber. Eine surreale Begebenheit.

Andere Bewohner versammelten sich bei den Straßenrändern, wo sich langsam Wasser anstaute, da es zu regnen begonnen hatte. Sie suchten verzweifelt nach einer Spiegelung in den Pfützen und waren sich plötzlich einig, dass durch den Regenfall das unerklärliche Schweigen des Spiegelbildes gebrochen werden würde. Jedoch eilten sie vergebens umher. Es geschah keinerlei Veränderung.

Die Straßen wurden menschenleer. Ziellos lief die junge Frau auf den Pflastersteinen herum, vorbei an den prunkvollen, alten Bauten und Brücken der Stadt.

Als sie in eine schmale Gasse abbog, blieb auch sie erwartungsvoll vor einem Schaufenster stehen und schloss dabei ihre Augen. Behutsam öffnete sie wieder ein Auge und fragte die blasse Schaufensterpuppe mit einem schüchternen Blick: „Was sagt nun mein Spiegelbild zu mir?"

Libelle

Lauer Sommer
Fauler See
So zärtlich und lieb

Am Steg
Bei den Ähren
Im Genuss der Blaubeeren

Auf Wiesen
In den Winden
Im Treiben der Linden

Fauler Sommer
Lauer See
So zärtlich und verspielt

Zeitlos

Zupf die Wolke
Zupf sie dir zurecht
Bemale frech Weiß
Gestalte ihr Schattennest

Trage sie bei
Lass schweben im Blau
Vergiss dich in ihr
Zieh sanft mit auf

Gedeih in Sommerfülle
Verbringe duftend lau
Allein dein Wölkchen
Steht zur Sonne ganz faul

Dan Shambicco

Dan Shambicco, geboren 1991 in Basel, ist im Bildungs- und Erziehungswesen tätig, aktives Leitungsmitglied der Gedenkstätte Riehen sowie Mitglied des Redaktionsrats des Magazins „go – take the lead“. Der schweizerisch-israelische Autor hat bereits mehrere Bücher veröffentlicht.

HATICE AKYÜN

Das Hotel der Angekommenen

Ich muss etwa sechs Jahre alt gewesen sein, aber meine Erinnerung daran ist gestochen scharf, als hätte ich erst gestern dort übernachtet. Am Grenzübergang zwischen Jugoslawien und Österreich verbrachte ich die erste Nacht meines Lebens in einem Hotelzimmer. Auf der österreichischen Seite. Es war die Rückfahrt nach den Sommerferien aus dem anatolischen Dorf meiner Eltern zurück in meine Heimat, nach Duisburg. Mein Vater hielt hier und buchte uns ein Doppelzimmer. Nachdem wir es bezogen hatten, gingen wir hinunter ins Gasthaus, bestellten Wiener Schnitzel und Pommes. Was für ein Festmahl! Obwohl mein Vater selbst nichts aß, weil das Fleisch nicht halal war, sah er uns beim Essen zu. In der Nacht schlief ein Teil meiner Familie im Bett, der andere auf dem Boden, auf dem meine Mutter die provisorischen Betten mit Decken vorbereitet hatte. Der Geruch der Wiesen, der durch das Fenster drang, der Tau, der morgens auf den Gräsern funkelte, die Wärme in dem Zimmer, Kleinigkeiten, an die ich mich gut erinnere.

Erst Jahre später realisierte ich, dass mein Vater das Hotelzimmer nur buchte, um uns Kindern das Gefühl zu geben, dass wir dazugehören. Nicht zum anatolischen Dorf, sondern zum reichen Europa.

Es ist schon eigenartig, dass eine Übernachtung in einem Hotelzimmer in der jüngsten Kindheit auch nach fast 50 Jahren so prägnant bleibt. Dabei habe ich in den letzten Jahrzehnten in unzähligen Hotels geschlafen. Manche so luxuriös, dass ich mich unwohl gefühlt habe. Mit gesenktem Kopf huschte ich an der Rezeption vorbei, tat so, als würde ich den Concierge nicht sehen und verzichtete auf den Aufdeckservice, wenn es am Abend an der Tür klopfte. Drei Jahrzehnte später, nach meiner ersten Nacht in dem österreichischen Hotel, rauschte ich als Society-Reporterin von Party zu Party, von Filmpremieren zu Modemessen, flog nach Monaco und Cannes, nach Hollywood und Mailand, wohnte in Luxushotels, lief über rote Teppiche, trug lange Abendkleider und hohe Schuhe. Auch wenn sich die Hotelzimmer immer änderten, eines ist bis heute geblieben: Sobald ich eingecheckt hatte, dachte ich an dieses erste Zimmer an der jugoslawisch-österreichischen Grenze.

Vielleicht liegt das an meiner einfachen Kindheit oder meinem Leben als Underdog, auch wenn ich den Aufstieg längst geschafft habe. Mir fällt es emotional sehr schwer zu ertragen, bedient zu werden. Bis 3 Sterne geht es, ab 4 werde ich unruhig, bei 5 Sternen habe ich ein schlechtes Gewissen und gebe dem Personal so unanständig viel Trinkgeld, dass ich es danach bereue. Nicht jeder in meinem Umfeld hat dieses Problem, ich scheine eine Ausnahme zu sein. Manche behandeln das Personal im Hotel von oben herab, so dass es mir nicht nur unangenehm ist, sondern wir auch deshalb streiten. Ayurveda-Kur in Indien? Yoga Retreat in Thailand? Niemals kämen solche Reisen für mich in Frage. Denn das Wissen, dass drumherum tiefste Armut herrscht und das Personal nach der Schicht in Blechhütten am Rande des Luxusressorts lebt, würde diese Aufenthalte unerträglich für mich machen.

Ich reise beruflich so unendlich häufig, dass ich mein Zuhause jedem Hotelzimmer vorziehen würde. Wenn es möglich ist, fahre ich nach einem Termin immer nach Hause, manchmal mit dem Nachtzug, damit ich nicht im Hotel übernachten muss. Das wiederum verstehen meine Freunde nicht, die beruflich kaum unterwegs sind. Sie sagen Sätze: „Wow, nach New York, wie toll". Oder: „Eine Lesung in Sydney, was für ein Luxusleben." Das Gefühl des Nichtdazugehörens begleitet mich schon mein ganzes Leben. Und besonders stark empfinde ich es in Hotels. Damit will ich nicht sagen, dass ich, wozu auch immer, dazugehören will. Nein, ich schätze mein einfaches, normales Leben. Es ist das Sichverstellenmüssen, was mich anstrengt.

Mich hat immer die Neugier angetrieben, ich wollte wissen, wie es andere machen. Wie sie leben, wie sie die Wurzeln ihrer Kultur bewahren, wie man es dort organisiert, was sie trennt und was sie zusammenhält. Das habe ich als junger Mensch in Jugendherbergen ein Stück weit erlebt, aber nie in Hotels. Oft habe ich den Koffer gepackt, mich eingelassen auf etwas Fremdes, weil ich mit dem, was zu Hause passiert ist, nicht mehr klarkam. Manchmal fehlt es an Reife oder an Möglichkeit, Dinge zu ordnen und deshalb ist es nicht unverständlich zu fliehen. Es ist allerdings eine Schimäre zu glauben, nach der Rückkehr hätten sich die Dinge gelöst. Wem diese Erkenntnis nicht fremd ist, wird verstehen, dass man es trotzdem macht. Das Hirn wird frei, der Blickwinkel ist nicht mehr starr fixiert, die Relativität der eigenen Katastrophe zum Alltag anderer entspannt sich merklich. Ich begebe mich in einen zeitbefristeten Stress und führe ein Leben auf Zeit, das zu Hause unbezahlbar wäre.

Das Schöne am Reisen ist nicht das Hotel. Auch nicht die neuen Orte, sondern der Abstand zu seinem Leben, den man bekommt. Dabei muss ich gestehen, dass es nicht die Lust auf neue Kulturen oder neue Umgebungen war, dass ich mich immer wieder in die Welt aufmachte, sondern oft die Tristesse und der Stillstand meiner Alltagssituation. Manchmal hatte ich einfach nur Angst, Entscheidungen zu treffen und habe gehofft, dass sich die Lage schon von selbst erledigen würde nach meiner Rückkehr. Ich habe mir erhofft, dass ich nach der Reise wieder bei Null anfangen könnte. Das kann man sich allerdings nur begrenzt einreden. Nach dem dritten Mal funktioniert diese Selbsttäuschung nicht mehr. Denn auch auf einer Reise hat man sich selbst mit im Gepäck. Der schöne Nebeneffekt meiner Flucht vor meinem Leben war jedoch, dass ich tatsächlich Menschen kennengelernt habe. Das hat mich geprägt. Es gibt Begegnungen, die lassen mich die langen Zugfahrten, die menschenleeren Bahnhöfe und vor allem die kargen Hotels vergessen. Wenn die Welt in der Wirtschaft zusammenkommt, nennt man das Globalisierung. Aber wie nennt man es eigentlich, wenn Menschen sich in Hotels begegnen?

Hatice Akyün

Hatice Akyün ist Schriftstellerin und Journalistin. Sie wurde in einem anatolischen Dorf geboren, wuchs in Duisburg auf und lebt und arbeitet in Berlin. Als Analphabetin konnte ihre Mutter nicht aus Büchern vorlesen, deshalb gab es das abendliche Ritual, dass sie ihren Kindern Geschichten erzählte. Das prägte Hatice Akyün so sehr, dass sie heute beim Schreiben ihr türkisches Fühlen mit der deutschen Sprache verschmelzen kann.

ILMA RAKUSA

Aufgewacht das Grün

jung hell halluzinatorisch schnell
überall die Blätter Blättchen
Moment mal: gestern noch nicht da gewesen
heute forsch dabei
es drängt der Saft der Keim
verzweigt greift nach den Lüften
was nur kann
Natur-Engineering licht-affin
die Schatten werden weich
und weicher
ich bin
darin

Du ziehst die Mütze über

im Duett von Wind und Mensch
ist klar wer siegt
die Amseln fliehen in die Büsche
es flattern Gräser Blätter
und kalt die Glut des Ahornstrauchs
Raben kreisen um die Dächer
kreischend schwarz
du wappnest dich
du bist schon ganz
im Abschiedsmodus
es fällt was fallen kann
als welkten in den Himmeln ferne Gärten
na dann ist Zeit
dir einen Ruck zu geben
den Moment nicht zu verlassen
das Hier und Jetzt
und tauchen:
der Boden trägt

Was sind Grenzen

fragt eine innere Stimme
nachdem die Sonne unterging
Schäfchenwolken eben rosa
werden grau dann schwarz
der Übergang subtil
in unmerklichen Stufen
kein Knall auf Fall
kein Täuschmanöver
vielmehr still
Grenzen also
die Wahrheit ist:
nie werd ich mich an sie gewöhnen
g wie grausam
r wie rau
e wie eng
n wie nötigend
z wie zähmend
e wie eisern
n wie nebulös
das reicht für Krämpfe in den Eingeweiden
denn ganz am Ende

aller Widersprüche
steht Er der Wächter aller Grenzen
und kein Pardon
kommt dann vielleicht die Reise weg ins Lose
ohne Küsten Zäune Drahtverhaue Mauern
Licht mal Sinn?
ich frage mich
der Abend steht
ich esse eine Aprikose

Ilma Rakusa

*Ilma Rakusa (*1946) studierte Slawistik und Romanistik, sie lebt als Schriftstellerin, Übersetzerin und Publizistin in Zürich. Für ihr literarisches Werk, das Gedichte, Erzählungen, Essays und das Erinnerungsbuch „Mehr Meer" umfasst, erhielt sie u.a. den Leipziger Buchpreis zur Europäischen Verständigung, den Schweizer Buchpreis, den Berliner Literaturpreis und 2019 den Kleist-Preis. Sie ist Mitglied der Deutschen Akademie für Sprache und Dichtung.*

TOMAS FRIEDMANN

GOOD TIME

Morgen könnten Bomben fallen. Sagen sie. Bomben. Morgen. Lächerlich. Unvorstellbar. Hier bei uns. Aber sie sagen es. Die Nachbarin. Der Standler. Und im Radio. Max hat mir geschrieben. Er fragt, was los ist. Ich wollte nicht antworten. Dann habe ich geschrieben, dass ich nicht daran glaube. Dass es wahr ist. Andererseits. Ich weiß nicht. Will es nicht wissen. Bomben. Nein. Ich frage nicht. Ich frage nicht, was du tust. Tun würdest. Ich frage mich. Was soll ich. Wenn Bomben fallen. Vielleicht stelle ich mir einen Sessel in den Garten und lese. Flüchte. Dazu brauche ich keinen Pass. Ich weiß gar nicht, wo er ist. Wann hatte ich ihn zuletzt. Warum frage ich mich überhaupt. Was ich tun würde. Wenn Bomben. Ich will es mir nicht vorstellen. Bomben fallen doch immer woanders. Weit weg. Bisher. Habe ich was übersehen. Überhört. Gab es Anzeichen. Vielleicht ein Witz. Ein schlechter Scherz. Aber immerhin hat Max. Von irgendwem. Soll ich ihn fragen. Will nicht. Gerüchte interessieren mich nicht. Überhaupt die anderen. Er. Natürlich bin ich nicht allein auf der. Es ergibt keinen Sinn. Warum sollte eine Bombe ausgerechnet auf. Ich habe doch niemand etwas. Und die Nachbarin sicher auch nicht. Sie redet dauernd von der Krise. Den Preisen. Dem Leben. Dass es früher besser. Einfacher. Leichter. Ich glaube nicht, dass es stimmt. War vermutlich immer so. Ähnlich. Leute werden geboren. Leute sterben. Dazwischen schuften sie. Bauen ein Haus. Heiraten. Zeugen Kinder. Lassen sich scheiden. Werden krank. Fahren auf Urlaub. Nicht die Nachbarin. Sie war immer hier. Sagt sie. Nur zweimal in der Hauptstadt. Und einmal am Meer. Das ist lang her. Ist schon alt. Ich mag das Meer. Auch wenn es schmutzig ist. Dort, wo ich war. Wir. Und so viele. So laut. Strandparty. Trotzdem. Angeblich ist es nicht mehr möglich. Irgendetwas hat sich verändert. Die Züge fahren nicht mehr. Habe ich gelesen. Vielleicht eine Falschnachricht.

Morgen könnten also Bomben fallen. Könnten. Sagen sie. Also nicht sicher. Sonst würden sie sagen: Morgen fallen Bomben. Oder morgen werden Bomben fallen. Aber das sagen sie nicht. Somit weiß niemand. Wahrscheinlich nur ein Sager. Um sich wichtig zu machen. Wie beim Wetter. Stimmt oft nicht. Vielleicht wollen sie uns einschüchtern. Vielleicht wollen sie, dass wir weggehen. Uns verkriechen. Im Keller. Da mache ich nicht mit. Ich bleibe. Wenn du willst, kannst du vorbeikommen. Nimm ein Buch mit. Hören wir Musik. Oder wir kochen uns was. Ich war gestern auf dem Markt. Der Brotstand war nicht da. Aber Eier, Obst und Käse habe ich gekauft. Nudeln habe ich immer. Gehen wir wieder mal tanzen. Erinnerst du dich. An die zwei. Der meine hat mir tatsächlich die Hand geküsst. Ich habe damals überlegt, mir nicht mehr die Hand zu waschen. Ein schöner Sommer. Obwohl ich sein Outfit nicht mochte. Pickel hatte er auch. Gottseidank herrscht jetzt Friede. Obwohl. Eigentlich ein Widerspruch. Plötzlich war er weg. Verschwunden. Ein Brief kam noch. Aus dem Ausland. Ich habe nicht geantwortet. Max kann mir auch gestohlen bleiben. Als ich ihm erzählt habe, war er nicht mal eifersüchtig. Er ist und bleibt ein Macho. Will nie wieder. Überhaupt haben wir nicht wirklich zusammengepasst. Ich warte nicht mehr. Dieses Arschloch. Brauche keine Blumen. Kein Mitleid. Ich pfeife auf dieses Spiel. Hin und her. Hat mich verraten. Seine Briefe vergrabe ich. Vielleicht fällt eine Bombe darauf. Eigentlich habe ich ihn nie. Soll ruhig weinen. Meine Gefühle gehen niemanden etwas an. Ihn schon gar nicht. Für mich ist er gestorben. Aus. Tot. Sollen doch auf ihn Bomben. Was er wohl gerade macht.

Ich habe die Waffe aus der Schublade. Nur zur Sicherheit. Für das Gefühl. Man weiß ja nie. Gegen eine Bombe kann man natürlich nichts ausrichten. Wäre lustig: auf eine Bombe schießen. Manchmal habe ich Lust, es denen zu zeigen. Dass wir uns wehren können. Nimm deine mit. Wir könnten im Garten. Nur so zum Spaß. Nein, keine gute Idee. Wir könnten sie gemeinsam vernichten. Wegschmeißen. Versenken. Andererseits. Nur so. Gedanken. Schadet ja nichts. Schreiben auch nicht. Tagebücher sind geduldig. Vielleicht verbrenne ich es. Wenn ich mir vorstelle, dass tatsächlich Bomben fallen. Dass jemand meine Notizen findet. Und liest. Obwohl auch schon egal. Ich bin dann tot. Wie das wohl ist. Tot sein. Ob es danach etwas. Unsinn. Sagen sie bloß, weil sie Angst vorm Sterben. Dass es aus ist. Aus und vorbei. Ob so eine Bombe ein großes Loch. Ob es weh tut. Oder geht alles so schnell, dass man nichts spürt. Also, ich nehme mir jetzt den Sessel aus der Küche und setze mich draußen in den Garten. Die Sonne scheint wieder. Ich weiß schon, welches Buch ich. Kommst du. Und wenn sie fällt, dann lachen wir.

Tomas Friedmann

Tomas Friedmann, geb. 1961, lebt in Salzburg/ Österreich. Autor, Herausgeber, Hörspiel-Redakteur, Kulturjournalist, Moderator, Regisseur. Leitet seit 1993 das Literaturhaus Salzburg. Engagiert als Berater, Juror, Kurator, Netzwerker, Vortragender.

CLARA MARIA BAGUS

Sehnsucht

Sie fragt sich, ob es mutiger ist zu bleiben oder zu gehen.

Sie kann ihn riechen, den verblassenden Frühling.

Was tun, wenn man sich mit achtundvierzig Jahren am Ende seines Lebens fühlt?

Wenn alles, was einen einst lebendig gemacht hat, zu einem Ende gekommen ist? Die Jugend unwiederbringlich vorüber, die Kinder auf ihrem eigenen Weg, die Ehe eingetrocknet.

Wenn man sich zu zweit einsamer fühlt als allein.

Wenn Moral und Loyalität nichts als Treue zulassen. Selbst dann, wenn man nur noch nebeneinanderher lebt, nicht mehr zueinanderfindet, Gespräche nicht mehr die Seele berühren. Wenn man sich nach Tiefe, nach Verständnis, nach einem Prickeln verzehrt.

Was macht man mit dieser Sehnsucht?

Wie viele Menschen gibt es wohl da draußen, die ähnlich empfinden? Wie viele kämpfen wohl täglich gegen das Sterben der Liebe an?

Wie oft kann man sich im einzigen, eigenen Leben neu erfinden? Wie viele Versionen eines Selbst sind möglich?

Seit sie klar denken kann, läuft sie ihrem Leben hinterher. Es galoppiert ihr davon, läuft schneller als sie. Kaum glaubt sie einen Zipfel zu fassen, entwischt es ihr wieder. Mit allem, was sie tut, fühlt sie sich immer etwa zehn Jahre zu spät. Mit der Liebe, dem Kinderkriegen, dem Suchen danach, wer sie ist.

Nun sitzt sie allein in diesem Hotelzimmer. Was macht sie hier?

Eigentlich lebt sie mit ihrem Mann in einem Haus, das er sich immer gewünscht hat. Dazu zwei Kinder. Nichts Außergewöhnliches.
Und doch. Und doch hat sie dieser Wunsch mehr gekostet als ihn.
Als sie jedoch bemerkt, dass sie sich diesen Wunsch nicht leisten kann, wenn sie sich selbst nicht verlieren will, ist es bereits zu spät. Da ist sie sich bereits verloren gegangen. Und ihr Wesen ist hineingewachsen in die Rolle der Frau, die sie nie sein wollte.

Er hingegen hat alles, was er braucht.

Und immer dann, wenn sie im Gespräch mit ihm mühsam versucht, die Wahrheit ihrer Ehe herauszuschälen, findet er ein brennenderes Thema, und in ihr stirbt die Hoffnung. Er tut ihre Worte ab und in ihr steigt der alte Schmerz auf.

Was kann sie tun? Jede Wirklichkeit verblasst hinter der Entschlossenheit eines Gehirns, die Realität zu leugnen.
Er ist gut darin, große Dramen in kleine Wörter zu zerkrümeln, mit denen es sich leben lässt.
Sie kann das nicht.

In ihrer Ehe fehlen schon lange amüsante und überraschende Momente.
Wenn sie es doch einmal schafft, sich ihre Gedanken von der Seele zu reden, sagt er nur, sie solle sie nicht in einen Begriff von Ehe zwingen, dem keine Realität entspricht.

Wie viele Ehekrisen hat sie in den vergangenen Jahren durchlebt, von denen ihr Mann nicht einmal mitbekommt, dass sie sie hat.

Er ist nie ein Mann großer Zuneigungen gewesen.
Aber nun, in der in die Jahre gekommenen Ehe, unterläuft ihm überhaupt keine noch so verhaltene Zärtlichkeit mehr.
Sein Konsum an Rücksicht für seine Interessen hingegen ist schamlos.
Wenn er abwesend ist, beruflich verreist und für Tage nicht zu Hause, kommt ihr das eigene Leben ehrlicher vor.

Nur ihre Arbeit lenkt sie ab. In diesen Stunden denkt sie nicht an all die Möglichkeiten ihres versäumten Lebens. An all das in ihr, das ungelebt geblieben ist. An all die Schmetterlinge, die sie nicht gefangen hat. An ihren Garten, der verblasst. An die Jahre, die vertrocknen wie welke, gefallene Blätter.
Wenn sie arbeitet, ist sie ganz bei sich.

Wie die Gezeiten des Meeres verläuft ihr Leben, die ihre Träume anschwemmen und wieder mit sich fortreißen. Und sie weiß nicht, ob sie sich in die Wellen stürzen und ihre Wünsche festhalten soll oder ob sie dabei untergeht.

Sie überschreitet eine Grenze. Mit ihm. Dem

Anderen. Eine Grenze, die sie von ihrem Mann trennt und mit diesem Mann verbindet. Eine Verrückung, die sie zum Leben erweckt. Eine, die ihre Geschichte umschreibt.

Sie wirft sich mit einer Heftigkeit in diese neue Leidenschaft, die etwas Verzweifeltes hat. Das ist ihr bewusst.

Doch mit Erstaunen stellt sie gleichsam fest, welch ein Zufall es ist, dass dieser Mensch in ihr leeres Leben getreten ist. Und Glück hineinweht, in den offenen Spalt ihres Herzens.

Ganz plötzlich liegt der feine salzig-süße Geschmack von Neubeginn auf ihren Lippen.

Und obwohl sie die Momente der Gewöhnlichkeit liebt, die Ruhezeiten zwischen den Wendepunkten ihres Lebens, belebt sie diese Veränderung. So verstörend sie auch ist.

Es klopft an der Tür.

Clara Maria Bagus

Clara Maria Bagus hat im Alter von acht Jahren ihre ersten Geschichten für Zeitungen geschrieben. Nach dem Abitur hat sie in Konstanz und Stanford Psychologie studiert. Sie war einige Zeit in der Hirnforschung tätig, bevor sie sich ganz dem Schreiben widmete.

Nach vielen Jahren im Ausland lebt die Bestsellerautorin heute mit ihrem Mann und ihren Zwillingssöhnen in Bern.

KATHARINA HÖFTMANN
CIOBOTARU

Trilogie der mittleren Jahre

I

Manchmal
schmerzt jeder Muskel deines Herzens und die
Wut frisst sich von innen durch all deine Gedärme.
Und da stehst du da
Verbarrikadierst dich
mal wieder hinter Worten
Versinkst in Gedanken
obwohl du doch ganz genau weißt,
so tief im Treibsand kommt kein Mensch voran.
Du lenkst dich ab
Und lenkst doch nichts
In Wirklichkeit
(Wirklich wirklich!)
Musst du lernen
Dir selbst zuzuhören.
Vielleicht
sprichst du deine Sprache noch nicht
Vielleicht ignorierst du dich

Weil du es warst, die dich zu oft ins Chaos gestürzt
hat.
Das ist okay
Du wirst deine Sprache lernen
Du wirst anfangen, dir zu vertrauen
Der Schmerz gehört dazu
Die Wut bringt dich voran
Du wirst lieben
Wer du bist
Und was du fühlst
So oft es geht.
Zu akzeptieren
Dass nichts geworden ist
Wie du früher dachtest
Am wenigsten du selbst
Ist nicht das Ende
Sondern der Anfang.

II

Dein ganzes großes Leben lang
Wolltest du dich verlieben
Hier ein Versuch
Und dort noch einer
Hast dich oft geirrt
Und bist nicht selten viel zu lang geblieben.
Hauptsache verlieben
Hauptsache was fühlen
Und dann in dem Gefühl ertrinken
Vergessen wer du wirklich bist
Verstecken wer du wirklich bist
Bis du einen triffst
Bei dem du ganz du selbst sein kannst.
Und nun?

III

Aufwachen
Ausstrecken
Alleine sein.

Aufwachen
Stimmen hören
Los los in den Tag hinein.

Laufen um anzukommen
Spazieren ohne Ziel
Einfach abhauen
Auf der Stelle stehen
Gar nichts sein
und davon viel zu viel.
Manchmal Anker
Manchmal Segel
Der wichtigste Mensch der Welt
Und die Freiheit vermissen
wenn sie da sind.
Und die Kinder vermissen
wenn sie fehlen.
Wieder wissen wer man ist.

Wer bin ich überhaupt
Wenn sie nicht bei mir sind?

Das Leben kann so schön schwarz-weiß sein
Mit ihnen aber
ist es immer bunt.
Ich kann
Ich will
Jedoch zu müssen ist das schlimmste
Alles sein
Nichts sein
Manchmal Mutter
Manchmal ganz allein.

-Geteiltes
-Sorge
-Recht

Katharina Höftmann Ciobotaru

Katharina Höftmann Ciobotaru, geboren 1984 in Rostock, ist Schriftstellerin und Journalistin. Seit 2011 hat sie zwölf Sachbücher und Romane veröffentlicht. Im März 2021 kam mit „Alef", ihr erster literarischer Roman im Ecco-Verlag heraus, im März 2023 folgte ihr zweiter literarischer Roman „Frei". Darüber hinaus arbeitet sie als Journalistin und schreibt Texte für Die WELT, Salzburger Nachrichten, EMOTION, Berliner Zeitung und andere renommierte Medien. Für die Gesellschaft Israel-Schweiz schreibt sie wöchentlich die „Israel Zwischenzeilen". Außerdem ist sie Redaktionsleiterin des Medienportals Fairplanet.de. Daneben schreibt sie Gedichte, die sie vor allem auf ihrer Instagram-Seite @Gutenmorgentelaviv veröffentlicht.

Sie hat an der Humboldt-Universität zu Berlin Diplom-Psychologie mit Nebenfach Deutsch-Jüdische Geschichte studiert. Nach dem Studienabschluss war sie zunächst als Beraterin für politische Kommunikation und Lobbyismus bei der renommierten Agentur Scholz&Friends tätig und ging schließlich im März 2010 als Stipendiatin der Studienstiftung

des Deutschen Volkes im Programm für Wissenschafts-
und Auslandsjournalismus nach Israel. Sie lebt mit ihren zwei Söhnen zwischen Tel Aviv und Berlin.

ELISA SHUA DUSAPIN

Der Ring

Eines Abends standest Du vor meinem Haus, auf den Stufen gegenüber der Kirche, mit nur einer Geige als Gepäck. Ich hatte Dich noch nie gesehen. Du holtest eine Taube aus der Tasche. Um ihren linken Fuß war ein Faden gebunden, das andere Ende hattest Du an Deinen rechten Schnürsenkel geknotet. Du packtest die Geige aus, spieltest los.

Mit geschlossenen Augen wiegtest Du den Kopf hin und her, angespannt lächelnd, hieltest die Geige wie ein zu schützendes Vogeljunges. Diese Behutsamkeit stand im Gegensatz zu Deinem leicht schiefen Spiel. Die Taube suchte in ständigem Stakkato den Boden ab. Ohne den Faden am Bein wäre sie mir gar nicht aufgefallen. Manche Tauben schillern bläulich oder golden, was sie besonders macht. Diese sah aus wie eine schmutzige Hauswand.

Bei Deinem Spiel bewegtest Du die Arme, als wären sie zu schnell gewachsen. Fast wirkte es, als föchtest Du mit Deinem Bogen einen verzweifelten

Kampf. Die Umstehenden amüsierten sich darüber. Die Taube wandte den Kopf in ihre Richtung, musterte sie mit ihren gelben Augen eindringlich. Einige traten auf sie zu, wollten wissen, wann sie auflöge. Die meisten aber klopften ihr ein paar Krümel vom Croissant und warfen etwas Kleingeld in den Geigenkasten, dann gingen sie mit gesenktem Kopf hinüber zum Markt auf dem Burgplatz.

Manchmal stelltest Du Dich unter den Rundbogen neben dem Springbrunnen und aßest ein Mohnbrötchen aus der Bäckerei an der Ecke. Die Taube kam nie zu Dir auf den Schoß. Sie blieb ein bisschen im Hintergrund und beobachtete ihre gurrenden Artgenossinnen unter den Arkaden. Auf den Caféterrassen wurde gelacht. Auch Du lachtest. Du unterhieltest Dich in den zwei Sprachen der Stadt, verschlucktest Dich weder am Rachen-r der einen noch am Zungen-r der anderen. Doch in beiden Sprachen war ein Teil von Dir nicht da. Vielleicht war das der Grund, warum Du, umgeben vom schützenden Kreis der Taube am Faden, trotz mangelnden Talents mitten auf dem Ring mit so viel Eifer spieltest. Sogar wenn die schwarzgekleideten Musiker des Theaterorchesters vorbeikamen, ließest Du Dich nicht ablenken.

Je öfter ich Dich hörte, umso mehr bemerkte ich Deine Anpassungsfähigkeit. Bei schönem Wetter versetzte uns ein Walzer in vergangene Jahrhunderte. Bei Regen waren es schwerfällige, gedämpfte Töne, die bei mir an die Scheibe schlugen. Wenn Nebel auf der Stadt lag, erinnerte er an den letzten Qualm der Zigarettenkippen hinter dem Bahnhof oder dem Chessu, und Deine Melodien trugen sich von Tür zu Tür, weiter über die Steinplatten der Kirche, durch die gepflasterten Straßen zum Kanal, zum Seeufer, und bei viel Wind, bis zur Insel Saint-Pierre.

Als ich eines Morgens an Euch vorbeiging, zerriss im Schotter der Faden. Die Taube bewegte sich weiterhin im Umkreis Deiner Füße. Dann machte sie einen Schritt aus ihm hinaus, einen zweiten, einen dritten, schüttelte ihre Flügel und flog davon. Du spieltest Dein Stück zu Ende, es klang etwas nordisch. Du ließest den Bogen sinken, lächeltest. Bei meiner Rückkehr am späten Nachmittag waren weder Du noch die Taube zu sehen.

Ihr kamt nicht wieder.

Übersetzt aus dem Französischen von Andreas Jandl

Elisa Shua Dusapin

Elisa Shua Dusapin (Geb. 1992 in Sarlat-la-Canéda) wurde als Tochter eines Franzosen und einer Südkoreanerin in Frankreich geboren. Sie wuchs zwischen Paris und Zürich auf, bis ihre Familie 1999 ins jurassische Porrentruy zog. Später studierte sie am Schweizerischen Literaturinstitut in Biel und an der Universität Lausanne.

2016 erschien ihr erster Roman „Ein Winter in Sokcho". Der Roman erhielt mehrere Literaturpreise in Frankreich und der Schweiz, darunter den Robert-Walser-Preis und den „Prix Alpha" der Kantone Bern und Jura. Die englische Übersetzung wurde im November 2021 mit dem renommierten US-amerikanischen National Book Award für übersetzte Bücher ausgezeichnet. Der Roman wurde 2019 zudem mit dem Schweizer Literaturpreis ausgezeichnet. Elisa Shua Dusapin lebt in Porrentruy.

YARI BERNASCONI

Das Kind auf dem Dach

Das neue Gerüst des Malers
hat dich dort hinaufgebracht, wo alles
vergeblicher erscheint. Der Schatten der Nacht
umhüllt dich wie ein nasser Lumpen.
Auch der Mond bleibt hinter seinen Wolken.
Ich sollte dir sagen, komm herunter, es ist ein
wenig kalt
und gefährlich, wir sollten vielleicht ins Bett gehen,
aber ich bleibe unbeweglich in deiner Stille.
Unter uns wanken die Palmen,
ein kleiner Mann geht vorbei, mit einem Hund,
der zu pinkeln versucht, die Zypressensträucher
sind geometrische Flecken.

Ich setze mich,
warte auf Worte, die ich nicht kenne,
am Rand eines alten und immer wieder neuen
Schwindels.

Ein anderes Auf und Ab

Du schaust mich an und grüßt mich von der Rutsche.
Ein anderes Auf und Ab erwartet uns
am Übergang der Dämmerungen. Wer weggeht,
wird auf irgendeine Weise grüßen,
mit der Hand, einer Geste, einem Gedanken;
die anderen werden mit dir warten.

Jetzt wo du hüpfst, dich versteckst und mich rufst,
auf der leichten, strauchbewachsenen Erde,
über der drohend der Himmel liegt, und mich daran
erinnerst,
wer ich bin (das Viele und das Wenige),
schaffe ich es noch nicht, dir zu sagen, dass ich mein
Bestes
geben werde und das nicht reichen wird.

Jetzt wo du mit gerötetem Arm zurückkommst,
ein paar Kratzern und schon getrockneten Tränen,
und nach einem Zeichen auf meinem Gesicht suchst,
schaffe ich es nicht, dir zu sagen: Das wird nicht
mehr passieren.

Plaine Morte

Die einzigen Spuren im Schnee sind deine,
der du vor mir gehst und dir Wege
ausdenkst. Hinter jenem gegen den Himmel
ruhenden Felsen, zwischen noch höheren Gipfeln,
ist der Gletscher: Er wartet auf uns ohne es zu wissen,
mit seinen Brüchen und seinen kristallenen Steinen.
Ich schaue auf die Stöcke und Schuhe, wie sie gehen.
Das vergangene Jahr kommt mir in den Sinn, die lieb
gewonnenen und dann verlorenen Leben, die
Gedanken,
die bleiben und stechen.

Ich folge dir.
Wir sind zwei Punkte eines bodenlosen Weiß.
Die zwei kurzen Atemzüge einer immensen
Lunge.

Nächtliche Postkarte Nr. 3

Als ich die beleuchtete Treppe hinunterging, neben
einem stillen, unbewachten Parkplatz,
stellte sich der schwarze Himmel quer:
kein Traum heute Nacht, sondern eine langsame,
vertraute Müdigkeit, der Schatten,
der sich schleppt zwischen Füßen und Boden,
im trockenen Wind.
„Wir leben",
hatte ich dir vor Jahren bei meiner Heimkehr geschrieben.
Und gerade jetzt, wo mir die Dinge verschwimmen,
mit meinem plumpen Rest an Vertrauen,
der Mühe, höre ich das Echo jener Nachricht
wie einen Imperativ.

Yari Bernasconi

Yari Bernasconi, 1982 in Lugano geboren, ist Schriftsteller und Kulturjournalist. Nach Publikationen seiner Gedichte in zahlreichen Zeitschriften und Anthologien erschienen 2009 „Lettera da Dejevo" (Alla Chiara fonte) und 2012 die Gedichtsammlung „Non è vero che saremo perdonati" (in „Undicesimo quaderno italiano di poesia contemporanea", Marcos y Marcos). Für den Gedichtband „Nuovi giorni di polvere" (Edizioni Casagrande), der von Julia Dengg ins Deutsche übersetzt wurde („Neue staubige Tage", Limmat Verlag), erhielt er 2016 den Terra-Nova-Preis der Schweizerischen Schillerstiftung. Mit Andrea Fazioli veröffentlichte er 2021 die literarische Reportage „A Zurigo, sulla luna" (Gabriele Capelli Editore), die im Folgejahr auf Deutsch mit einer Übersetzung von Marina Galli erschien. 2022 erhielt er den Schweizer Literaturpreis für die Gedichte von „La casa vuota" (Marco y Marcos).

MICHAEL FEHR

Die Verlobte

Ein Mann läutet an der Tür und steht dann vor der Tür
im Stiegenhaus bereit, in der Hand einen umfang-
reichen
und ausladenden Blumenstrauß von Astern in Lila,
Disteln
in Silber und Rosen in Rot. Die Tür geht auf.
Der Mann: „Die sind für dich."
Die Frau, die in der offenen Tür steht: „Wie schön,
danke, wie schön die Blumen sind."
Sie nimmt den Strauß entgegen, macht einen
Schritt
zurück: „Danke, wie schön dich zu sehen."
Sie betrachtet das Meer von Blumen: „Danke, das
ist ein
ganz außergewöhnlicher Blumenstrauß. Rosen,
Astern
und Disteln. Seltsam, ich habe noch nie solche
langstieligen
Silberdisteln gesehen."
Der Mann: „Man tut, was man kann."
Die Frau: „Aber willst du nicht hereinkommen?"

Der Mann: „Doch, sehr gern sogar, aber ich will dich
vorher auf der Schwelle etwas fragen."
Die Frau: „Etwas fragen?"
Der Mann: „Willst du mich heiraten?"
Die Freude über die schönen Blumen weicht nicht
aus
dem Gesicht der Frau, aber es gesellen sich leicht
bedauernde
und dennoch entschlossene Gesichtszüge hinzu.

„Bedauerlicherweise nein."
Der Mann: „Nein."
Die Frau: „Nein, ich will dich nicht heiraten. Ich will
nicht und es ginge nicht."
Der Mann: „Warum nicht?"
Die Frau: „Weil – ich habe mich mit meiner Katze
verlobt."
Nun entsteht seltsame Zuckung im Gesicht des
Mannes,
die sich dann ganz und gar zu einem Ausdruck der
Missbilligung
verfestigt.
„Aber das geht doch nicht."
Die Frau: „Warum nicht?"
Der Mann: „Ich weiß nicht. Das kann nicht sein."

Die Frau: „Doch.“

Der Mann spannt den Körper und macht zackige Gesten.

„Entweder man heiratet oder man lässt es bleiben. Man

heiratet oder nicht, dazwischen gibt es nichts. Heutzutage

verlobt sich niemand mehr. Zeig mir den Ring.“

Die Frau: „Es gibt keine Ringe. Ich habe mich mit meiner

Katze verlobt.“

Der Mann: „Das gibt es nicht. Ausgeschlossen. Das ist

krank. Das ist ekelhaft. Was willst du mit einer Katze?“

Die Frau: „Ich will mit ihr zusammen sein.“

Der Mann: „So etwas ist absolut hirnrissig.“

Er weiß nicht, ob er sie aus dem Augenwinkel von oben

durch das Stiegenhaus herab leise und geschwind herannahen

sieht oder ob er sie nur von oben herannahen

fühlt – jedenfalls fühlt er für den Bruchteil eines Augenblicks

eine Katze auf der Schulter, die ihm dann wie ein

Hauch übers Gesicht huscht, ihm dabei aber laut-
los die

Krallen ins Gesicht sticht und dann durch die offene
Tür

hinter der Frau verschwindet.

Die Hände des Mannes erreichen das Gesicht und
befühlen

es. Es sind keine tiefen Kratzer festzustellen, nur

feine, gezielte Krallenstiche, aus denen aber nun
doch

ein klein wenig Blut dringt. Der Mann entnimmt
der

Jackentasche ein Papiertaschentuch, betupft
damit das

Gesicht.

„Die Katze hat mich verwundet."

Die Frau steht mit dem Blumenstrauß in der Tür.

„Es tut mir leid. Danke für die schönen Blumen."

Die Tür schließt sich.

Der Mann: „Das ist krank."

Dann stellt er sich ans Stiegengeländer und ruft
nach

oben und unten in das Stiegenhaus aus:

„Ich bin so froh, dass ich keine hirnverfaulte kranke

Frau heiraten muss. Dereinst werde ich jemand

Kluges
und Schönes heiraten.“
Dann spuckt er gegen die geschlossene Tür. Dann
macht
er sich schnellen, aber betont festen Schrittes das
Stiegenhaus
hinab.

Michael Fehr

Michael Fehr, geboren 1982, Erzähler, Poet, Sänger, Performer. Seine Auftritte sind ein Ereignis. Seine Texte changieren zwischen Song und Erzählung. Tiefgründig und präzis. Immer beleuchten Fehrs Geschichten existenzielle Zustände des Menschseins. Zahlreiche Auszeichnungen, unter anderem der Kelag-Preis am Ingeborg-Bachmann-Preis für den Roman „Simeliberg".

FRITZ HENDRICK MELLE

Fremd bin ich am liebsten

In fremden Städten zwischen
Nicht mehr und noch nicht suchen
Die Füße vorsichtig den Weg, die
Augen erwarten keine Bekanntschaft, die
Deckung hängt tief, Gefahr kommt nur
Von Vertrautem, jeder Duft ist ohne
Erinnerung und ein zufälliges
Lächeln ist alles
Was ist, ist
Grade
Jetzt

Ich will mich betrinken, am liebsten

An Dir, aber wenn
Das nicht mehr geht, dann
Nehme ich auch Champagner in
Durstigen Zügen.

Das ist doch großartig, sagst Du, dass
Wir uns das jetzt leisten können, so
Offen und angstfrei über alles zu
Reden. Das ist doch ein
Fortschritt.

Ja, sage ich, ein Fortschritt. Ich
Sehe jeden Morgen in meinem Gesicht
Im Spiegel wie weit ich schon

Fortgeschritten bin

Wohin

Links und rechts
Geht nicht mehr

Oben und unten
War ich

Aber
Wenn ich gehe
Kommen alle

Und
Wenn ich komme
Gehen alle

Wohin

Immer morgens, wenn ich die

Katzen gefüttert habe und die
Krähen ihren Teil abbekommen, die
ersten Hummeln sich über die
Blüten hermachen, sich der
Hinterhof anfühlt, als wäre die
Stille für immer, dann wünsche ich
mir für einen Moment von Herzen,
dass all diese Wesen erkennen, dass
wir nicht wirklich grausam sind,
sondern nur zu lange viel zu viel
Angst hatten.

Fritz Hendrick Melle

Fritz Hendrick Melle hat Theologie in Naumburg und Kommunikation in Berlin studiert, hat als Totengräber und Marktforscher gearbeitet, ist Werber, Unternehmer, Fahrradfahrer, Suchender und Finder. Lebt mit Frau und Kindern in Berlin.

ROBERT PROSSER

Draußen

Checklist: Im Rucksack acht Spraydosen, 500 Milliliter Orange, Grün, Rot, Blau, zweimal Schwarz, zweimal Chrom. Handschuhe eingepackt, das Bandana um den Hals, ein Griff und mein Gesicht ist vermummt. Bin die Leiter runter in den Versorgungsgang geklettert, fährt eine Etage tiefer eine U-Bahn, vibrieren die Wände. Kühle Luft, es riecht nach Eisen und Moder. Ein toter Winkel. Geradeaus die nächste Leiter weiter hinab, ein bisschen ist's wie in einem alten Arcade-Game, wie in Prince of Persia klettern und springen, hanteln und laufen, nur ist die Prinzessin, die ich retten soll, etliche Meter lang und tonnenschwer und unbedingt will sie, dass ich ihr was Hübsches auf die Metallhaut mal. Nicht ganz eine Stunde, dann ist Betriebsschluss und auf dem Gleis wird eine Garnitur bereitstehen. Ich will laufen, zeichnen, spotten, ich will die Dosen klappern hören. Die Nacht ein Spiel, das meinen Regeln folgt. Ich beweg mich, denk und fühl in ihr. Alles Kitsch, was ich hier so von mir geb. Aber braucht man, um dranzubleiben. Sprayen ist vor allem eine geistige Sache, eine Frage der Überwindung. Es heißt, man ist Vandale, aber dass nur Züge malt, wer Züge wirklich liebt, daran denkt niemand. Klarer Fall von Lackdosenintoleranz. Einmal ging ich zu weit in einen Tunnel rein, Anfängerfehler, ein Zug brauste heran und ich rannte umsonst, war viel zu langsam und ich warf mich in den Schotter, die Räder Zentimeter neben meinem Kopf, der Zug ein weißes Flackern, die Lichter der Abteile so boom boom boom grell leuchtend. Muss ein ICE gewesen sein. Ständig ein mulmiges Gefühl im Bauch, aber dann zieh ich doch den ersten Strich, kann mich selbst noch so fertigmachen: Gleisarbeiter kommen oder Securitys und Hunde, Kameras sowieso überall und überhaupt: morgen um acht Vorlesung, morgen die Prüfung, warum um alles in der Welt hat Sara noch nicht angerufen, oder es liegt zu viel Schnee oder es wäre eine Grillparty auf der Donauinsel oder das Dach zu hoch, der Tunnel zu finster.

Robert Prosser

Robert Prosser, geb. 1983 in Alpbach in Tirol, Autor und Performancekünstler. Einige Auszeichnungen, u.a. Reinhard-Priessnitz-Preis 2014. Zuletzt erschien 2023 der Roman „Verschwinden in Lawinen".

ALEXANDER BROICHER

Nächte wie Schwarz und Weiß

Unzählige kleine Spiegel treiben auf dem Schwarz. Tausendfach blinken sie, morsen mit Mondlicht. Ich kann die Signale nicht verstehen. Wir suchen andere Lichter. Rote und grüne Lichter.
Es geht um Farben. Immer nur um Farben.
In der Nacht ist alles umgedreht. Nächte sind wie Schwarz und Weiß.
Es ist dunkel und hell. Man denkt, man kann alles erkennen. Und sieht doch nichts.
Der Mond strahlt vorbeiziehende Wolkenfetzen kalt an. Das Meer ist nicht blau, es ist schwarz wie der Himmel. Die Farben, sie schlafen. Bei Tag gibt es sie hier im Überfluss. An Farben sind wir reich.
Es geht immer nur um Farben.
Wir suchen etwas Weißes.
Vor uns nur ein unendlicher schwarzer See. Ohne Kontur, ohne Grenzen. Machetengleich zerschneidet unser Boot das Wasser in zwei Hälften. Wie ein Pflug beackert unser Bug das Schwarz. Weiße Schaumkronen, hinter uns die aufklaffende Welle. Ein symmetrisches Vau. Wir hinterlassen alles geordnet.

Die Schraube des Außenborders verquirlt meine
Gedanken mit dem Meer.

Wie viele Meter Wasser liegen unter mir? Ich kann
nichts sehen, da ist nur der dunkle See. Ein See aus
Öl. Wie schön wäre das, ein Ölsee! Dann müssten
wir nicht in diesem Boot sitzen. Ich würde einen
Fernseher kaufen, für Mama und mich. Ich habe
Angst vor tiefem Wasser. Schon als Junge gehabt.
Wir alle haben Hai-Bisse gesehen. Glaub mir, den
anderen geht's auch so, die haben auch Bammel.
Aber natürlich sagt es keiner. Auch ich halte die
Klappe. Will ja nicht als Memme dastehen, ich bin
ein Mann! Aber sterben will ich auch nicht. Mama
soll sich den Ärger mit mir nicht umsonst gemacht
haben, die ganzen 19 Jahre.

Angst habe ich nur vor dem tiefen Wasser, nicht
vor den Weißen. Manchmal sind es auch gar keine
Weißen. Andere sind friedlich. Haben Angst wie
die Karnickel. Und manchmal sind auch Brüder an
Bord. Oder andere wie ich.

Aber wir dürfen sie nicht töten. Es geht nur ums
Geschäft, sagt Jomo immer. Keine unnötige Ge-
walt. Nur zum Einschüchtern, das ist wichtig, das
bringt Respekt. Respekt ist wichtig.

Nicht ins Wasser schauen. Zu dunkle Gedanken.

Lege mich ins Boot zurück. Ich spüre das kalte Metall
der AK 47 an meinem Arm. Ich spüre meinen Puls. Die
große Ader an meinem Hals klopft unaufhörlich.
Mannamanna nennen sie es. Wir haben es in die
Nase gezogen. Ich bin immer noch randvoll damit.
Es ist wertvoll, wie alles Weiße. Elfenbein, Zähne –
ich bin stolz auf meine Zähne – Frachter, Menschen.
Diese scheiß Wichser, jetzt holen wir uns alles zurück. Ich habe so viel Kraft und Wut und Energie
in mir. Eben haben wir noch geschrien, um uns in
Stimmung zu bringen. Ich will tanzen und schrei-
en, aber im Boot müssen wir schweigen. Höchs-
tens flüstern ist erlaubt, das sind die Regeln.
Nebel zieht auf, Gespensterfahnen, da, wo der
Mond reinleuchtet. Jomo und Malik sehen mit
den großen Ferngläsern wie Insekten aus. Jomo
ist sauer, er kann im Nebel nichts erkennen.
Ich lege mich an die Bordwand. Das Geräusch des
Außenborders dringt in meinen Kopf. Er klingt
wie mein altes Mofa, immer auf Vollgas. Das me-
tallische Klingeln und das Kreischen des hochtou-
rigen Drehens. Wie ein schreiendes Tier.
Manchmal schreien auch sie. Sie haben Angst vor
uns. Das ist gut so. Sie haben Respekt. Respekt
ist wichtig. Manche machen sich in die Hose vor

Angst. Ha, könnte mich wegschmeißen! Das sind diese Momente, da fühle ich es, wie stark wir sind, wie stark ich bin!

Jomo nimmt seine Insektenaugen runter und funkelt mich an. Seine Augen sind viel böser als die aller Tiere, die ich kenne. Außer vielleicht die von Haien. Er zieht seinen Daumen quer über den Hals und sein Fingernagel hinterlässt eine Kerbe im Fleisch. Verstanden. Ich nicke und ziehe meine Lippen nach innen zwischen meine Zähne. Und dann schnell wegucken, am besten nach unten. Wenn er wütend wird, lande ich auf dem Meeresgrund.

Aus den Augenwinkeln beobachte ich, dass er den Blick abwendet und seine gläsernen Stielaugen vornimmt. Die machen mir weniger Angst.

Der Wind dreht und der Geruch des Zweitaktmotors zieht mir in die Nase. Ich mag das. Mag Motoren und den Geruch von Benzin, hab ich schon als kleiner Junge.

Und dann rieche ich es: Da ist noch etwas anderes in der Luft. Eindeutig, das ist es. Der typische Geruch von Diesel, schwerem Schiffsdiesel. Eine ölige Brise aus heiß Verbranntem, die sich nur schwer mit der salzigen Seeluft mischt, gerade bei Nacht. Man kann seine Spur auf Kilometer riechen. Mein Herz läuft auf einmal noch schneller. Hätte nicht gedacht, dass das geht. Jetzt laufe ich wie der Außenborder auf Vollgas.

Ich will es Malik sagen, aber ich will nicht zu den Fischen. Ich traue mich nicht. Stattdessen richte ich mich auf und sehe mich um. Nichts, nur dicke weiße Nebelschwaden. Auch durch die Ferngläser kann man sicher nichts erkennen. Ich suche Blickkontakt zu Malik. Er bemerkt mich nicht. Klopfe mit dem Gewehr an die Bordwand.

Dann sagt er es. Malik sagt: „Lichter". Wir alle schauen in seine Richtung. Dann treten langsam die Lichter aus dem Nebel, grüne und rote. Und weiße. Licht am Heck, Kabinen. Wie ein beleuchtetes Haus. Und mindestens so hoch. So hoch wie die Häuser in Amerika. Ich habe so hohe Häuser noch nie mit eigenen Augen gesehen, nur im Fernsehen. Ein großes weißes Haus.

Amerika. Dort muss alles weiß sein.

Selbst ihr Öl fährt in Weiß. Ihre Waren fahren besser als unsere Brüder. Ich heiße Agu und ich werde sehr wütend. Ich werde uns das holen, was uns zusteht!

Ein kurzes Zischen von Jomo. Wir wissen alle, was

zu tun ist. Jetzt sind wir so aufgeregt wie das Wasser. Wie Erdmännchen stehen alle bereit.

Langsam kommt das weiße Haus näher, glatt und sauber wie ein Zahn. Es sieht gar nicht aus wie Eisen. Die Wand wird immer höher. Wie soll ich es bloß bis da hoch schaffen? Ich packe den Wurfanker und atme tief durch. Ich schaffe das. Ich muss es schaffen. Ich komme da hoch! Egal, was mich dort erwartet. Egal, wer da oben ist. Man sagt, neuerdings werden sie beschützt. Aber ich habe keine Angst. Nicht vor denen. Amerika, ich komme! Ich schleudere den Wurfanker empor, er verhakt beim ersten Mal. Heute werde ich gewinnen, das spüre ich. Mit einem Ruck an dem Seil prüfe ich, ob es mich halten wird, dann erklimme ich die Strickleiter. Ein, zwei, drei Sprossen, immer weiter. Immer höher, nicht nach unten sehen.

Von oben höre ich einen lauten Knall, wie einen Schuss.

Dann wird alles weiß vor meinen Augen.

Das muss Amerika sein. Ich muss in Amerika sein.

Alexander Broicher

Alexander Broicher ist Verleger, Autor, Produzent und Podcaster. Broichers Arbeiten sind mehrfach ausgezeichnet, u.a. mit dem Literaturpreis des Deutschen Schriftstellerverbandes, dem Eyes & Ears of Europe Award oder dem Martha-Saalfeld-Förderpreis. Broicher ist Dozent für Podcasting an verschiedenen Hochschulen. Er lebt und arbeitet in Berlin.

ARIADNE VON SCHIRACH

Anstand. Ein Nachruf.

Mein lieber Anstand. Mein lieber, lieber Anstand. So viele mussten wir schon beerdigen – die Höflichkeit, das Gewissen, die Privatsphäre – aber Du, Du bleibst uns erhalten, darauf habe ich mich immer verlassen. Für mich bist Du die letzte Bastion, das verbleibende Bisschen Menschlichkeit, das uns aufrecht hält, bevor es hässlich wird. Bevor die Angst beginnt, der Horror. Die Nacht. Du bist eine Haut, eine Restwärme, ein Schutz, der uns nicht nur voreinander behütet, sondern auch vor dem Dunklen in uns. Vor der Fratze, der Klaue, den Zähnen. Denn wenn wir Menschen unsere Menschlichkeit verlieren, werden wir nicht tierisch, sondern bestialisch, eher Minotaurus als wütender Stier. Die alten Griechen wussten wohl, dass wir selbst unser schlimmster Feind sind, wir und unser immer wieder neu praktiziertes Hinaustreten aus der gemeinsam bewohnten Schöpfung. Ein kindisches Widerrufen aller Weltbeziehungen, verdichtet zu einem Egoismus, der nur noch an Selbsterhalt und Ausbreitung denkt.

Ich, ich, ich und nach mir die Sintflut. Wenn es mal wieder so weit ist, dann schlägt auch Dein letztes Stündchen, lieber Anstand. Wie jetzt, in diesem seltsam warmen Herbst, wo um uns herum tatsächlich Sintflut ist, in New York zumindest, während in der Schweiz die Gletscher schmelzen und in Brandenburg die Wälder brennen. Und Krieg ist. Immer mehr Krieg ist.

Ich habe mit vielen Menschen darüber gesprochen, was Anstand für sie bedeutet, und es gibt neben ein paar belastbaren Gemeinsamkeiten, wie gutes Benehmen, Feingefühl oder Herzensbildung, einen gewissen Interpretationsspielraum. Dieser Spielraum betrifft natürlich auch Sie, also fühlen Sie sich eingeladen, auch über Ihre Definition, Ihre eigenen Schwerpunkte nachzudenken. Das wiederum finde ich anständig, im Sinne der intellektuellen Redlichkeit, denn in Wahrheit reden wir nicht von den Dingen, wie sie sind, sondern davon, was sie für uns bedeuten.

Und Du, lieber Anstand, bedeutest mir viel. Ein bisschen altmodisch bist Du, ein wenig ausgewaschen wie andere Worte, die zu oft gebraucht wurden, um Dinge und Meinungen zu verkaufen, ein wenig steif, aber mit einem guten Herzen. Und hinter all diesen Masken steckt für mich eine existenzielle Differenz, eine dünne rote Linie, die krakelig und gebrochen zwischen Mensch und Monster verläuft.

Viktor Frankl, der als jüdischer Arzt ein Konzentrationslager überlebt hat, erzählt in seinem Buch „…trotzdem Ja zum Leben sagen", dass es in der irren und entsetzlichen Gemengelage, die so ein Ort darstellte, letztlich nur zwei Arten von Menschen gab: die Anständigen und die Unanständigen. Es gehört zu der Größe dieses großen Mannes, dass ihm präzise Beschreibungen wichtiger waren als ideologische Vorbehalte, und so ist ausgerechnet er sowohl beredter Verteidiger anständiger Wächter, die schonten, Medikamente gaben, Mitgefühl zeigten als auch unerbittlicher Beobachter unanständiger Mitgefangener, die Brot und Stiefel stahlen oder ihre Brüder und Schwestern verrieten. Der amerikanische Autor Cormac McCarthy bringt diese Differenz in seinem Buch „Die Straße" auf den letzten Begriff: In einer brennenden, postapokalyptischen Welt ziehen kleine Gruppen von Menschen umher. Es gibt nur noch einen Unterschied zwischen ihnen: Isst du Menschenfleisch oder isst du kein Menschenfleisch?

Essen wir Menschenfleisch? Verleibt sich der entfesselte Kapitalismus die Körper derer ein, die er ausbeutet, zermalmen wir unsere Freunde, die Tiere, zünden wir unseren Planeten an und zehren dadurch auch vom Leben derer, die nach uns kommen?

Wir leben in dunklen Zeiten. Gewiss ist, dass wir uns im Labyrinth unserer Selbstsüchte immer wieder ins eigene monströse Antlitz schauen, aber ebenso gewiss ist, dass es einen Weg in ein anderes Morgen gibt. Die Zukunft ist offen, und das Unverlierbare kann nur vergessen, aber nicht vernichtet werden. Also, mein lieber Anstand, der Du mein Rückgrat stabilisierst und in meinem Herzen mündest, ich spüre, dass hinter Dir eine Hand ist, eine Hand, die immer ausgestreckt bleibt, für jeden und jede von uns, in jedem Augenblick, eine Hand, an der wir uns aufrichten können, auf dass wir uns erheben und aufstehen und gerettet werden. Wieder und wieder, für diesen Moment.
Ich sehe Deine Kraft, lieber Anstand, die stille, unerbittliche Forderung, das eigene Spiegelbild be-

jahen zu können, kein Wurm und keine Bestie zu sein, aber ich muss schon sagen, dass der Lack gerade wirklich an allen Ecken und Enden bröckelt. Warum werden die Reichen immer reicher? Warum ist unsere Welt gerade von Kriegstreibern und Krisenprofiteuren bevölkert und von ein paar größenwahnsinnigen Clowns, die Imperien besitzen und Raketen bauen? Warum wird überall gestohlen und betrogen, warum ist das Internet eine Schlangengrube geworden, die uns aussaugt, ausspioniert und süchtig macht, warum fälschen so viele Politiker ihre Abschlussarbeiten und vor allem: Seit wann geht es in der Politik nicht mehr auch ein bisschen, ein kleines bisschen wenigstens, ums Gemeinwohl, sondern wirklich nur noch um den eigenen Machterhalt?

Und an dieser Stelle muss ich auch immer daran denken, wie das war, als Sebastian Kurz, euer ehemaliger Bundeskanzler, die europäische Seenotrettung in Frage stellte und für eine robustere Flüchtlingspolitik plädierte, was letztlich einfach nur meinte, dass es wahrscheinlich eine gute Sache wäre, zur Abschreckung einfach ein paar von denen ersaufen zu lassen.

Ein paar von denen. Ein paar von uns. Immer und

immer wieder: ein paar von uns. Welche wie wir, Menschen unter Menschen. Das ist der Anstand. Das zu vergessen ist das Grauen. Und ich denke voller Scham und Traurigkeit an die Geschichte meiner nationalsozialistischen Täterfamilie und daran, was passiert, wenn Menschen andere Menschen wie Dinge behandeln. Und obwohl wir jetzt nicht Äpfel mit Birnen vergleichen wollen, haben wir in den mehr als 70 Jahren seit dem Ende des Zweiten Weltkriegs fast noch einen Zahn zugelegt mit der flächendeckenden Verdinglichung, Nutzbarmachung und Verwertung des Lebendigen, also der Menschen, der Tiere und der Landschaften. Neu ist, dass wir Menschen diese Prozesse so verinnerlicht haben, dass wir uns selbst managen, kontrollieren und optimieren und das auch noch gut finden. Yo, Selbstwirksamkeit. Endlich Chefin sein. Endlich business casual.

Aber ganz ehrlich: Der dauerhafte Betrieb einer erfolgreichen Ich-AG strengt an. Und er kostet Zeit, die man früher zum Leben, Lieben und Nachdenken hatte. Und deshalb macht die ganze Selbstoptimierung letztlich nicht nur fesch und glatt, sondern auch blöd. Und damit sind wir schon ganz nah dran an der Frage, wie es verdammt noch mal so weit kommen konnte, lieber Anstand, dass hier ein Requiem auf die letzten Dinge stattfinden muss, weil es hinter all dem Licht und den Paketen und der Beschleunigung so zappenduster geworden ist, dass ich schon den Atem des Minotaurus spüre. Denn wenn eine Gesellschaft vergisst, dass die Starken die Schwachen schützen müssen, dass man Kinder lieben, alte Menschen achten und Fremde ehren muss, wird sie instabil. Gefährdet. Psychotisch.

Doch bleiben wir kurz bei der Frage, wie wir diesmal der Welt und damit letztlich auch einander abhandenkamen? Eine große Frage. Ich mache es kurz. Meiner Meinung nach treffen sich hier die individualistischen Tendenzen der Aufklärung, das neoliberale Projekt und die nackte Gier. Nur, dass wir uns nicht missverstehen: Früher war es auch nicht besser, aber vielleicht war manches an manchen Stellen tatsächlich ein wenig lebensfreundlicher. Denn heute leben wir in einer Welt, in der soziale Medien den Neid schüren, Konsum den Egoismus und ein Großteil der Arbeitskultur immer noch auf Leistung, Ausbeutung und Konkurrenz beruht. Durch derartige Entsolidarisierungspraktiken ist uns langsam die Gewissheit verloren gegangen, dass uns Menschen viel mehr verbindet, als trennt. Wir haben alle Hunger und Sehnsucht, das Leben tut uns allen weh und Liebe, Schönheit und Freundschaft trösten uns wieder, meistens. Wir sind doch alle eine Familie, Brüder und Schwestern und Diverse. Was mich betrifft, ist auch meine Katze meine Familie, und mein Drucker und dieser eine Berg, den ich sehr mag. Wir sind wirklich nicht alleine hier. Auch wenn es gerade so seltsam leichtfällt, sich so zu fühlen. Diese Leichtigkeit wiederum schuldet sich Deinem Schwinden, lieber Anstand. Denn für mich bist Du Ausdruck des tiefen und folgenreichen Gewahrseins, nicht alleine auf der Welt zu sein. Sich den anderen zu schulden, aber auch etwas von ihnen erwarten zu dürfen. Und was dürfen wir erwarten? Zumindest – das Mindeste. Das Allerwenigste an Rücksichtnahme, Wohlwollen, und Solidarität. Das, was das Leben erträglich macht, weil es unser Miteinander trägt.

Schopenhauer hat in seinem Buch „Die Kunst, sich Respekt zu verschaffen" etwas über den Unterschied zwischen Ruhm und Ehre gesagt, was ich auch Dir zueignen kann, lieber Anstand. Schopenhauer schreibt, dass der Unterschied zwischen Ruhm und Ehre darin bestehe, dass die Ehre sozusagen vorausgesetzt sei, während der Ruhm durch eigene Leistung erworben würde. Wer Ehre hat, ist keine Ausnahme, aber wer Ruhm hat, schon. Ich denke, ersteres trifft auch auf den Anstand zu – er zeichnet uns nicht aus, sondern wir können ihn voraussetzen: als einfachste Form der irdischen Staatsbürgerschaft, als Anerkennung des geteilten Hierseins, als kultureller Kodex üblicher Gesten – wie man die Nachbarn grüßt, dass man keinen Müll liegen lässt, dass man in der Öffentlichkeit keine lauten Gespräche führt. Dass man nicht betrügt, dass man darüber hinaus auch fair ist, dass man Entschuldigungen aussprechen und annehmen kann und seine Verbindlichkeiten selbst regelt. Hinter all dem steht eine gewisse Form des Erwachsenseins, eine erprobte Weltgewandtheit und Belastbarkeit, die – und das gehört zu Deinen größten Gaben, lieber Anstand – uns Rückgrat und Richtung gibt im Wandel der Welt. Beides nimmst Du mit ins allzu frühe Grab und hinterlässt nichts als nackte, gierige Affen.

Früher wurden wir aus dem Paradies verstoßen, als wir unsere Nacktheit erkannten und uns schämten, jetzt wäre dieses Gewahrsein der Nacktheit ein erster Schritt der Rückkehr zu unserem lieben Garten Erden. Denn wir sollten uns was schämen, und zwar wie!

Wir sollten uns vor den Tieren schämen und vor den Bäumen und vor unseren Brüdern und Schwestern in Not. Vor den Sumpfottern, vor den Müllbergen und vor dem silberhellen Mond. Und vor unserem eigenen Spiegelbild, dessen Blick wir endlich wieder begegnen müssen.

Die Scham ist der Schatten des Anstands. Wer ihren Vorwurf erträgt, findet eine unverlierbare Kraft, die uns immer wieder einlädt, Mensch zu sein und Mensch zu werden. All diese Dinge beginnen in uns, und gehen zunächst nur uns selbst etwas an. Nur wer das eigene Leben ehrt, kann das der anderen achten. Veränderung beginnt, wenn Antworten wieder zu Fragen werden dürfen: Warum bin ich hier? Wie will ich leben? Was ist ein gutes Leben? Und wenn ich selbst noch etwas fragen dürfte: Ab wie viel Minuten Videokonferenz in der Öffentlichkeit darf man jemandem das Handy wegnehmen?

Wir wissen gerade einfach nicht mehr so genau, was man tut und was man lässt. Du, mein lieber Anstand, hast lange die Alltäglichkeit alltäglich gemacht. So macht man das, so grüßt man den, das tut man nicht. Wenn Du nicht mehr da bist, wird alles fragwürdig. Doch dieser unbehagliche Zustand ist auch eine Einladung, und zwar an uns alle hier, darüber nachzudenken, worauf wir nicht verzichten wollen und was wir unseren Kindern und Enkel mitzugeben gedenken an scheinbaren Selbstverständlichkeiten. Denn bei diesen Selbstverständlichkeiten – und das sage ich als Frau, die im Schnitt immer noch 20 % weniger verdient als ihre männlichen Kollegen – also bei diesen scheinbaren Selbstverständlichkeiten, da ist schon noch ein bisschen was aufzuräumen. Damit es endlich wirklich anständig ist, und nicht nur ständig.

Alles hängt an unserer Anschauung, an dem, was uns die Dinge bedeuten: Ist die Natur Ressource oder unsere Lehrmeisterin wie Goethe meinte, sind die Tiere eine Ware oder unsere Freunde und sind wir selbst wahlweise die Krone der Schöpfung, das Krebsgeschwür des Planeten oder eine mächtige Spezies unter anderen Spezies, die sich gerade ändern muss und ändern kann?

Es ist von Gewicht, was wir über uns und die anderen denken. Wir Menschen sind zu einem großen Teil das, was wir zu glauben beschließen. Mehr noch: Wir reagieren auch sehr sensibel darauf, wie man uns sieht. Wenn Sie jemanden wie einen Idioten behandeln, wird er Ihnen gerne beweisen, dass Sie recht haben. Und wenn Sie Ihren Mitmenschen wie intelligenten und anständigen Wesen begegnen, werden die Meisten alles tun, um dieses freundliche Bild zu bestätigen.

Ich selbst kann nur sagen: Ich hatte selten so ein interessantes und gutaussehendes Publikum.

Vielleicht gibt es doch noch Hoffnung. Vielleicht hat der Anstand nur einen Schwächeanfall, vielleicht ist nicht alles verloren. Was denken Sie? Früher fragte man: Glaubst Du an Gott, heute lautet die Frage: Glaubst Du an den Menschen?

Glauben Sie an den Menschen? An uns? Trotz allem?

Ja. 1000 Mal Ja. Nur das mit den öffentlichen Videokonferenzen ist eventuell ein Fall für die Todesstrafe. Doch auch wenn wir nerven und immer nerven werden: Wir müssen an uns glauben. Gut von uns denken. Uns selbst wollen. Uns wollen, trotz Krieg und Klimawandel und Ungleichheit, uns wollen trotz Korruption und Sexismus und Rechtsruck. Ihr müsst damit fertig werden, dass Adolf Hitler ein Österreicher war, und ich muss die Untaten meiner Großeltern annehmen, für die ich mich schäme und die mir weh tun. Ich sage das auch, dass Ihr euch jetzt nicht so alleine fühlt mit dem Adolf. Und dass ich mich nicht so alleine fühle mit meinen Monstern. Ach, wir haben alle Sachen, die es uns schwermachen, Ja zu uns und Ja zum Leben zu sagen. Aber da war eben der Frankl, auch ein Österreicher übrigens, der hat das schonmal für uns alle gesagt, ausgerechnet nach einem Konzentrationslager: Trotzdem Ja zum Leben sagen. Ja zu uns sagen. Ja zur Zukunft sagen.

Diesen Entschluss gilt es zu fassen und dann zu stärken. In vielen Experimenten hat der Verhaltensökonom Dan Ariely herausgefunden, dass wenn ein Mensch sich ändern, vielleicht sogar bessern will, weder Strafen, noch Belohnungen, noch finanzielle Anreize helfen. Stattdessen gilt es, sich zu Remoralisieren, wie Ariely das nennt.

Diese Remoralisierung ist ein Einnorden auf unserem inneren Kompass, eine Rückkehr zum Spüren, zu dem, was passt und was sich gut anfühlt, gefolgt von einer bewussten Selbstverpflichtung, das, was einem doch das Wichtigste, das Wahrste, das Innerste ist, nicht mehr so schnell zu vergessen. Man ergreift also die ausgestreckte Hand, eine warme, gute, feste Hand und hält sie fest. So einfach ist das. Und so schwer. Weil ich weiß auch nicht, mein lieber Anstand, Du Untotester der Toten mit Deiner ewigen Hand, wie wir das kollektiv auf die Kette bekommen, weil dass wir jetzt keine Strohalme mehr nehmen und die Generation Z nicht mehr so viel arbeiten will, ist doch nicht genug, für alles, für uns alle?

Die Zukunft ist und bleibt offen. Gewiss ist nur, dass uns auch kollektiv ein wenig Remoralisierung guttun würde, hier verstanden als Besinnung auf die planetaren Hausregeln – wir können auch kurz an die 10 Gebote denken. Wie war das nochmal: nicht stehlen, nicht töten, nicht begehren des nächsten Hab und Gut, auch nicht das Hab und Gut der Tiere und des Erdsystems. Wir sind doch nicht hier, um uns am Leben zu bereichern, sondern wir sind hier, das Leben mit uns zu bereichern. Es ist an der Zeit, endlich wieder mehr in die Welt hineinzugeben, als wir hinausnehmen. Ein anderer Ausdruck für diese Haltung ist Liebe.

Ariadne von Schirach

Ariadne von Schirach unterrichtet Philosophie und chinesisches Denken an verschiedenen Hochschulen und hält Vorträge im In- und Ausland. Zudem arbeitet sie als freie Journalistin und Kritikerin. Sie wurde bekannt als Autorin der Sachbuch-Bestseller „Der Tanz um die Lust" (2007) und „Du sollst nicht funktionieren. Für eine neue Lebenskunst" (2014). „Die psychotische Gesellschaft. Wie wir Angst und Ohnmacht überwinden" (2020) bildet den Abschluss dieser Trilogie des modernen Lebens. Im Herbst 2021 erschien ihr neuestes Buch, der Bestseller „Glücksversuche. Von der Kunst, mit seiner Seele zu sprechen". 2022 veröffentlichte sie eine komplett überarbeitete und aktualisierte Version von „Der Tanz um die Lust".

DAN SHAMBICCO
Vielleicht lieber heute
fineBOOKS

35 INSPIRATIONEN FÜR DEN NEUSTART
HRSG. VON ALEXANDER BROICHER

TAGE
WIE
DIESE

IN ZEITEN DES ABSTANDS

fineBOOKS